BOOK&BOX DESIGN
VEIA
FONT DIRECTION
SHINICHI KONNO
(TOPPAN PRINTING CO., LTD)
ILLUSTRATION
©VOFAN

本文使用書体：FOT- 筑紫明朝 Pro L

第婚話 ひたぎハネムーン

001

阿良々木《あららぎ》ひたぎという名前がどうもしっくり来ない。どうしてもしっくり来ない。私立直江津《なおえつ》高校に入学し、一年生で同じクラスになってからと数えれば、もうほとんど十年に亘《わた》る長大な付き合いになるというのに、まるで初対面のような、とめどないよそよそしさがある。いや、不和と言っていいほどのその違和感の正体が一体全体誰の責任かと問われれば、百パーセント揺るぎなく、他《ほか》ならぬ僕の責任なのだけれど、それでも、合わないピースを無理矢理合体させたジグソーパズルみたいである。

ジョイント部分がひしゃげそうだ。

曰《いわ》く付《つ》きであり頗《すこぶ》るつきの北白蛇神社《きたしらへびじんじゃ》において、文字通りの神前で、命をかけて幸せにすると誓ったかけがえのない相手だというのに、しかしああして結婚したことによって、戦場《せんじょう》ヶ原《はら》ひたぎという、生涯でもっとも大切にすべき人物の大切な個性を、格安の絵の具でぐりぐり塗《ぬ》り潰《つぶ》してしまったような嫌な実感がある。何とも気持ちの悪い手応えだ。ウエディングドレスや白無垢《しろむく》が『あなた色に染めてください』なんて意味合いがあるのは、そりゃあ知識としては知っているけれど、その知識はどこか旧時代的であり、どうよく言っても古風であり、なんだか伴侶《はんりょ》から『名前』という尊い、根源的なものをごっそり奪ってしまったという事実が、人を刺したみたいな感触が、この後、生涯つきまとうのだと思うと、はっきり言って、良好な家庭を築ける自信すら失う。

なんて不公平さであり、なんて不公正さだろう。

なんて不幸だろう。

これに罪悪感を、加害意識を持たないことは無理だ。

「いいじゃない、暦《こよみ》。私はまったく気にしないわよ。むしろ語呂《ごろ》は元よりいいと思っているわ。阿良々木ひたぎ。脚韻を踏んでいて、とても言いやすいわ。最初からこういう名前だったかのようよ」

　と、本人は言ってくれているけれど、しかし対等なはずの相手に一方的に負担を強《し》いた背徳感が、そのフォローで拭《ぬぐ》われることはなかった。むしろ罪悪感はいや増す。そう言うからにはそう思っていることは間違いないのだが……、負担とは、免許証やパスポート、マイナンバーカードの書き換え手続きといった実際的なものもそうだし、繰り返しになるが、四半世紀をそのように生きていた名前を、法をかさに着て力尽くでもぎ取ったというのは、本来、信じられないほど許されざる蛮行じゃないだろうか？

　結婚していきなりのＤＶみたいだ。

　元々、こういう理不尽と戦い続けるのが、僕、阿良々木暦の人生のはずだったが……、納得できないことにはとことん抵抗を続けてこその阿良々木姓のはずだったが、しかしながら如何《いかん》せん、これは化物とか怪異とか妖怪変化《ようかいへんげ》の物語ではなく、相手取るのは国家システムである。

　まあ、国家なんて妖怪みたいなもんだと言われれば、その通りなのだが……、今の僕には、そんな暴言は吐けないし、なんなら聞き捨てならない。

　キャリアの国家公務員として、国と国民に心からの忠誠を誓っている身としては、夫婦同姓なんて旧態依然とした悪《あ》しきならわしは今すぐ廃棄すべきであるとは、主張しにくいのだ……、ただでさえ、研修でＦＢＩに出向したり、その出向先でヘッドハンティングされたり、あろうことかあるまいことか、向こうでマイホームを買ったりで、その愛国心を大いに疑われているというのに。

　もちろん、理屈だけで言えば（よく言われているように）、法律上、ひたぎが阿良々木ひたぎになるのではなく、僕が戦場ヶ原暦になるという手はあったし、実際、僕としては当初はそのプランを、水面下で密《ひそ》やかに進行させていたのだが、そのようにこっそり認《したた》めた書面を、目敏《めざと》く発見されてしまった。ひたぎに。

やるじゃないか。

「暦は、出会ったときから阿良々木くんって感じだからねえ。それに、悪く思わないでね、私の父の名前である『戦場ヶ原』を、暦に名乗って欲しくないわ」

ううむ。

後半はともかく前半に関して言えばこっちも鏡に映したように同じ意見だし、どう理屈をつけたところで、なんだか、社会的慣習に押し負けてしまった気がしてならない……、婚姻そのものはどちらの名字に統一しても構わない縛りになっているとは言え、なんだかんだ言って結局は男性側の名前が選ばれがちな黙契であるという慣習に。

理屈はそうだけど、屈する相手は理じゃなかった。

僕が結婚を誓った北白蛇神社の、崇《あが》めるべき神様である八九寺《はちくじ》の家庭が、確か母親の名字である綱手《つなで》に揃《そろ》えていたのだけれど、しかしツインテイルな迷子の神様いわく、

「結局、それでうまく行ってませんからね、我が家は。家庭じゃなくて元家庭ですよ。小学三年生のときに離婚して、わたしも一度、名前変わっちゃってますよ。なんだったんでしょうね、あれ」

である。

さばさば言っているし、そのエピソードを最初に聞いたときは僕も若かったから、クールぶって、そういうこともあるだろうくらいのすんなりしたリアクションを取ってしまったけれど、いざ自分が当事者となってしまうと、考えさせられてしまう法の手続きである。

法執行機関の人間であることを差し引いても、公務員が言うことじゃないが、実にお役所的と言うか……、僕は警察官という職を、両親から（不本意に）受け継いでいるわけで、ならば名前までは継承しな

くていいとさえ思っているし、もしも高校時代の、特に苛烈《かれつ》で一番とんがっていたときのひたぎならば、口の中にホッチキスを突っ込んででも、僕を戦場ヶ原暦にしてみせたに違いない。

譲らなかったはずだ、父の名前を。

時を経《へ》て丸くなったということか……、もっとも、丸くなったかどうかはさておき、大人になったのは、僕も同じかもしれない。僕だって、若かった頃と言うか、高校生の頃ならば、

「だったら結婚なんてしないぜ。お互いのアイデンティティである名前を墨守するために、たかが紙切れ一枚の婚姻制度などには縛られず、同姓ならぬ同《どう》棲《せい》をすることにするぜ。なんなら老倉《おいくら》とも一緒に住むぜ」

と、例によってハッピーエンドならぬバッドエンドを迎えていたのだろうけれど、二十四歳の阿良々木暦の脳内には、まあそうは言ってもそういうわけにはいかないよね、これから社会の一員として暮らしていく以上、体面とか立場とかあるし、長い目で見ればひたぎもそんな向こう意地を張った生活のほうが苦痛かもしれないし、籍に入らない場合に生じる各種手続きのほうが面倒なのは自明だし、逆に紙切れ一枚のことなら、さっさと済ませてしまってさっぱり気にしないのが一番だよ、なんて、聞くに堪えない大人の理屈が、怒濤《どとう》のように流れてくるのだった。

え？　何？　つまりごちゃごちゃ文句を垂れずにフラットに結婚して、姓を揃えている一般家庭の皆さんを、意識の高い阿良々木くんは責めているのかね？　今は職場では旧姓で通せたりもするんだから、時代は昔よりはよくなっているんだよ。そううるさくがみがみ言いなさんな。そういう奴《やつ》は嫌われちゃうよ？

実際のところ、老倉との同居案はまだしも、ひたぎを内縁の妻にするというアイディアは、非常に好ましくない。日本警察のキャリアであり、かつ非公

式ながらＦＢＩにも所属してしまった僕は、あの地獄みたいな高校二年生から三年生にかけての春休みと比肩しうるほど、いつ殉職してもおかしくない身の上である……、万が一ではなく半々くらいの確率で不測の事態があって、病院に運び込まれたとき、『名字が違うから』なんて理由で、ひたぎが僕の死に立ち会えないなんて展開は避けたい。僕がどれほど死にやすい体質かは、皆さんご存知のはずである。どんな保険会社も、僕を生命保険に加入させてはくれない。

その逆だって起こりうる。

外資系金融企業の日本支部で働くひたぎに、まさか命の危険はないだろうと思われるかもしれないけれど、日常的に目玉の飛び出るような大金を動かしている彼女には、真面目に外出時、ボディーガードが必要なレベルの命の危機がストーカーのようにつきまとっている……、嘘《うそ》かまことか、常に最新の遺書を持ち歩いているそうだ。

「おかしなものよね。詐欺師《さぎし》に騙《だま》され、全財産を奪われたこの私が、今、その詐欺師みたいなことを生業《なりわい》としているのだから。見ず知らずの人達のお金をまるで自分のものみたいに運用し、もりもり増やしているのだから。株とか為替とか暗号資産とか、あるのかないのかわからない、謎めいた実体のない金額として」

自虐的にそう言ったけれど、まあ、豪邸に住む深窓の令嬢時代も、木造アパートに住む清貧時代も、どちらも経験した彼女だからこそ、身についた『手に職』なんだとも思う。

よくも悪くも、金が幻想だと知っている。

もちろん、だからと言って、体重を失い、母親を失った頃の自分を肯定はできないだろう……、それもまた、大切な思い出であり、大切なトラウマであるというだけで。

忘れられないというだけで。

そう。

それも戦場ヶ原ひたぎとして体験したことだ……、なのに、そんな彼女のありようを、僕の名で塗り潰していいものなのだろうか？　まるで個性をリセットするように。

「暦。なんなら私は名前が変わるのはゲームみたいで面白いとさえ思っているのに、そうもあなたが気にしているのは、別の人物が念頭にあるからじゃないの？」

「別の人物？」

ゲームみたいで面白いというライトな物言いはより一層聞き捨てならない現実逃避のようだとも思うが、いったんはそこは聞き流して……、別の人物とは誰のことだ？

「忍《しのぶ》さん。人物と言っていいのかどうかは微妙だけれど、それこそ地獄みたいな春休みに、こよこよは残酷にも、彼女の名前を奪ったんじゃなかったっけ？」

こよこよって。


懐《なつ》かしいニックネームだ……、同様に僕は、ひたぎのことをガハラさんと呼んでいた。戦場ヶ原という名字あっての愛称であり、つまりもう、僕は二度と、ひたぎをそうは呼べないということでもある。

今となっては気恥ずかしく、成人してから使うニックネームではないとは言え、もう永遠に使えなくなると言われると、基本的人権を剥奪《はくだつ》されたみたいな気分になる。

それはともかく、そうだった。

鉄血にして熱血にして冷血の吸血鬼である怪異の王、キスショット・アセロラオリオン・ハートアンダーブレード——六百年生きた吸血鬼の姓名を、僕は奪った。

それは生命を奪うのにも似ていた。

その後、名を無くし、名を亡くした吸血鬼の搾りかすに、専門家・忍野《おしの》メメが分け与えた名前こそが、忍野忍である。

専門家である自分の名で縛り、深く深く封印したようなものだと、あのアロハは言っていた……、正直に言うと、矛盾でありダブスタでもあるのだが、僕にとっては忍野忍としての彼女との付き合いのほうが長いので、そっちはそっちのほうがしっくり来てしまっているのだけれど――今更彼女をキスショットとは呼べない――、そう言えば、専門家の一部は彼女のことを、旧ハートアンダーブレードなどと呼んでいた。

旧ハートアンダーブレード。

まさしく旧姓である。

「自分の名前を旧呼ばわりされるのって、よく考えたらわけがわからなくなるくらい奇妙な感覚だろうな。なあ、旧戦場ヶ原さん」

「確かに、私を今後そう呼ぶつもりなら、話は変わってくるわよ」

「名前を奪ってしまった罪悪感を僕は、既に潜在的に、経験済みだったということか……、なんたることだろう、僕にとってこの結婚は、再犯だったということだ」

「事実上再婚みたいなものなのよね」

「いえ、初婚ですが」

僕の深層心理を包み隠さず暴《あば》いてくれたのは例によってさすがだが、しかし、それで問題がすっきり解決するわけではない。むしろ根深い。なるほど、そうだったのか。昔一度やったことなんだから、もう気にしなくていいじゃないよねなんて、そんなのは一人殺すも二人殺すも同じだと言っているようなものである……、日米どちらの法執行機関においても、認められる考えかたではない。

むしろ、過ちから学ばなくてなんとする？

忍への行為は、やむをえない緊急避難的な措置でもあったから、一概に過ちとは言えないにしろ……、今日的には、やっぱり、別のやりかたがあったんじゃないかと思わずにはいられない。あのままでは死ぬしかなかった怪異の王たる吸血鬼を、僕の奴隷にすることでかろうじて生かす決断が、わかりやすさを求める未熟な子供のものでなかったとは、やはり言いにくい。

旧ハートアンダーブレード本人がたとえ、今現在、僕の影の中で、幸せそうにミスタードーナツをもぐもぐ頬張《ほおば》っているとしてもだ……、職場では旧姓で通せますよなんて懐の深いことを言われても、なんでわざわざそんな使い分けをしなきゃならないんだって話だしな。

だったら僕もいっそ職場では、戦場ヶ原暦って名刺を作ってみようか……、警察手帳が、旧姓を表記していいのかどうかは知らない。訊いてみようかな、今度、甲賀《こうが》課長に。

「ささやかな抵抗ね。いやさ、さささささやかな抵抗ね」

「ししあさってみたいに言ってるな」

「暦が戦場ヶ原姓を名乗ったところで、何がどうなるってわけでもないでしょうに。あなたの気さえ済まないでしょう。苦労を共有しているようでいて、ぜんぜん違うわよ、それは。苦労しているに違いないって決めつけられるのも苦痛だし」

「やっぱり戦うしかないのかなあ。国家と」

「超展開でしょ。高校時代のあなたを応援してくれていた方々が、軒並みずっこけるわよ。阿良々木暦が政治活動に打って出るなんて続編には」

「でもそういうファンの票を大切にしないといけないからね。戦場ヶ原暦って名前で立候補したほうがいいかな？」

「その場合、投票しやすいように、『戦場ヶ原』という画数の多い名字を、開いたほうがいいかもね。『せんじょうがはら暦』って」

「立候補しても名前を変えなきゃいけないのか……、書きづらいからなんて理由で。どこまでもついて回る問題だぜ。かと言って革命を起こすときに、本名は使えないし」

「革命を起こす話をしているの？ 羽川《はねかわ》さんみたいに？」

「本名で活動して、親に迷惑をかけられない。僕はそんな親不孝じゃないんだ」

「どうかしらね。革命家に限らず、今時本名って感じでもないと思うけれど……、自分で決められるアカウント名のほうが大切なんじゃない？」

真名と仮名みたいな、込み入った話になってきたな……、しかし、そんな匿名性の高い時代だからこそ、本名というのは、より大切になってくるんじゃないのか？

かつては真名は、親以外に知られてはならないものだったとも聞く。

「それを一時の感情で消失したり、させたりしていいものなのだろうか……」

「暦。私と一時の感情で結婚するつもり？」

「今のは語弊があった。訂正して謝罪する。戦場ヶ原暦の名の下に」

「通り名の下に謝罪しているじゃない」

「せんじょうがはら暦の名の下に」

「早くも政治家みたいな謝罪を……、やめてよね。そんな人に、将来、警察庁のトップについてほしくない」

「要求が高過ぎるよ、夫に対する」

「哲学や思想もいいけれど、そんなことより、喫緊の生活について考えましょうよ、暦。私達は、新婚旅行はどこに行こうって楽しいテーマで話をしていたはずよ？」

そうだった。

神前における結婚式を終えて、煩わしいばかりの所定の手続きも終え、ようやく落ち着いたところで僕達は、ひとまず棚上げにしていた新婚旅行について、顔を突き合わせて話し合うために、遅まきながら席を設けたのだった。

新型コロナウイルスは一匹残らず地球上から根絶されたとは言え、僕が現在、ＦＢＩに軸足を置いていて、ひたぎが外資系企業の日本支部の若きリーダーを務めている以上、いろいろリモートでのコミュニケーションが多くなっていたけれど、これぱっかりはさすがに、対面で話さねば、体面が悪いというものだ。

危うく結婚式もリモートでおこなうことになりそうだったが……、そちらは幸い、感染症とか関係なく、身内だけで開催された。こぢんまりとしたいい式だった。

「あれだけが心残りね。車で空き缶を引きずる奴、やってみたかったわ」

「昔のお前だったら、僕を車で引きずり回したかったと言うところだろうが……、市中引き回しの刑のごとく。しかし、新婚旅行ねえ」

そもそも旅行自体をあんまりするほうじゃないと言うか、僕もひたぎも、頻繁に太平洋上をびゅんびゅん行き来しているので、旅と言われても、どうも今更感がある。

移動以上の意味を持たせるのが難しい。

それよりは家でまったりと、こんな風にじかに、だらだらと会話をしていたいという気持ちが強い……、わざわざどこかに出かけなくてもという感じだ。

旅費でおこたを買いたいくらいである。

「同意するわ。行くとしても近場で済ませたいわね。スーパーとか」

「近場過ぎるだろ」

「スーパーなのに?」

「スーパーマーケットって、今にしてみれば強気な名称だよな」

「かと言って、新婚旅行は合理的じゃないから行きませんでしたというのも、気乗りしないわ。だったら結婚式もやらなくてよかったってことになりかねないし」

それも、昔のひたぎだったなら……、阿良々木ひたぎならぬ戦場ヶ原ひたぎだったなら、言いかねない台詞《せりふ》である。

事実、結婚式なんて壮大な無駄遣いだという考えかたもある。新婚旅行なんて、わざわざ喧嘩《けんか》しにいくようなものだとか……、成田《なりた》離婚なんて言葉もあったな、かつては。

羽田《はねだ》離婚や関空《かんくう》離婚もあるのかね、今は。

「旅行というのは良くも悪くも本性が出るものだものね。だからこそ、必要な儀式なのだとも思うけれど」

「儀式か」

ああ見えて、忍野はそういう風習を大切にする男でもあった。ならばないがしろにもできない……、僕達のなれそめを思うなら。

「そう言えば、北海道に蟹《かに》を食べに行くって話、まだ実現してなかったよな？」

「そうね」

「それ行っとく？」

「実績を解除するみたいに、伏線を回収しようとされてもね……、魅力的なアイディアでありつつ、それゆえにちょっと今は季節がよくないと思うわ。どうせなら冬場に、極上の蟹が食べたいわ。それこそが本懐だもの」

難しいものだな。

近いようでワシントンより遠いぜ、北海道……、だんだん、老後の楽しみに取っているようなニュアンスになってきた。だが、ここまで勿体《もったい》ぶったのだから、最上の蟹を最上の北海道で体験したいという気持ちがあるのも確かだ。

とか言っている間に、北海道の温暖化も進むのだが……、老後の頃に、まだ雪国であってくれるのかどうか。

「海外なら、ヨーロッパかアフリカって感じかなあ？　南米を含めて、アメリカ大陸は、なんだかんだで二人とも仕事で頻繁《ひんぱん》に行くわけだし。もしくは大西洋を横断するという発想はどうだろう」

「オセアニアもありね。あえてオーストラリアに蟹を食べに行くというのも意表をついていていいじゃない？　エアーズロックは、もう登れなくなったんだっけ……、ニュージーランドは？」

「ニュージーランド？」

「星が綺麗《きれい》らしいわよ。星空の世界遺産と呼ばれ、実際の世界遺産に登録すべく活動中だとか、なんとか」

ぼんやりした知識だが、ふむ。

そう言えばひたぎは高校時代から……、いや、それ以前の、深窓の令嬢時代から、星空を愛していた。こよなく愛していた。

そうだ。

思い出してみれば僕達の初デートも、天文台だった。

「ならば、近場というなら、あの天文台を再訪するというのはどうだ？　クルマで数時間って感じだったろう？」

「大量の空き缶を引きずったらもうちょっとかかるかも」

「たぶん日本の道路でやっちゃ駄目だろ、あれ」

警察官として看過できない。

若き日のデートスポットの再訪というのは我ながら悪くないアイディアだと思ったけれど、しかし、ひたぎはあまり乗り気ではないようだった……、露骨に首を傾《かし》げている。

アニメ版の仕草だ。

「なんだよ。宿泊施設がないんだったら、キャンピングカーをレンタルしてもいいし。国家権力で」

「国家権力まで持ち出さなくても、レンタカーくらい自力で借りられるでしょう。いえ、あそこは割と普通に普段から、お父さんや神原《かんばる》と、一緒に行くから」

「そうなの？」

僕がＦＢＩ捜査官として研修を受けている間に、戦場ヶ原と神原がよりを戻している……、同じく一時期、関係の微妙だった戦場ヶ原姓の父親と、仲がいいのは結構なことだが。

それが本音かどうかはともかく、少なくともひたぎはそれでいいと言ってくれているけれど、では、お父さん――僕からみればお義父《とう》さん――は、どう思っているのだろう？

　自分が分け与えた娘の名字が、どこの馬の骨とも知れない男のそれに、塗り替えられるというのは……。

　ええい、やっぱり考えちゃうなあ。

　油断すると思考がそっちに引き寄せられる。問題の磁力が強い。

　どんな名前でも貴重さはもちろん変わらないのだろうけれど、戦場ヶ原なんて特に珍しい名字だから、それが失われてしまうことについて、考察せずにはいられないのかもしれない……。

「スーパーもそうだけれど、普段遣いしているところに行くのはさすがに違うか、儀式的に。特別感がないと記憶に埋もれやすくなってしまう。手近で済ませたという思い出を残すべきではなかろう。だったら別の、行きたい天文台とかはないのか？　ニュージーランドもいいけれど、ハワイにすごいのがあるんじゃなかったっけ？」

「ふむ。電子的な天体望遠鏡のスケールになってしまうと、私の枠を超えてしまうのだけれど……、結局アメリカになっちゃうわね。いっそ北極圏《ほっきょくけん》まで、オーロラを見に行くという手もあるわ」

「北極かあ……、元気かなあ、影縫《かげぬい》さん」

　ずっと北極にいるわけじゃないだろうけれど、北極と聞いて思い出すのは誰よりも彼女だ。彼女とその式神だ。

　あの式神がいれば、旅行なんて、どこにでもひとっ飛びなんだけれど……、しかし、死体童女と同じ屋根の下で楽しくわちゃわちゃ暮らせる時代は随分前に終わった。死体との交遊は、今は厳しく規制されている。

　オーロラ。

　興味がないでもない。

　確か、その自然現象が見えるのは、カナダだったか、北欧だったか……、その二者択一なら、北欧かな、この場合は。一番近いヨーロッパと言われるフィンランドなんてどうだ？　本場のシナモンロールを食べたいじゃないか。北欧は女性の社会進出も進んでいると聞くし、きっと夫婦同姓なんて規定はないんだろうなと、漠然としたイメージでそう考えたところで、

「あ」

　と、僕は閃《ひらめ》いた。

　流れ星のように閃いた。

　年を重ねて、脳も新鮮さを失い、『閃く』なんてこと自体が、すっかり少なくなってしまった今日この頃だけれど、このときはまさに『閃いた』という感じだった。

　流れ星どころか、オーロラのごとき閃光《せんこう》と言ってもいい。

　そうだ、サルミアッキは惜しいけれど、海を渡らずとも、僕達の新婚旅行の行き先として、国内に最高のロケーションがあったじゃないか――そこではさすがにオーロラは見えまいが、それを補ってあまりある最高の目的地だ。

　ルーツと言ってもいい。

　否、ルーツと言うしかない。

「戦場ヶ原」

「何よ。まだ国家に叛意《はんい》を？」

「いやいや、愛国心だよ。そして新婚旅行の行き先だ」

「？」

「戦場ヶ原に行こう。何でも知っている委員長に教えてもらったところによると、日本有数の、星の綺麗な湿原らしいぜ」

002

「戦場ヶ原さん？　戦場ヶ原さんが、どうかした

の？」

「どうかっつうか――まあ、なんか、気になって」

「ふうん」

「ほら、何か、戦場ヶ原ひたぎだなんて、変わった名前で面白いじゃん」

「……戦場ヶ原って、地名姓だよ？」

今を遡《さかのぼ》ること十八年、私立直江津高校の教室内で、こんな会話が交《か》わされた――いや、正確には僕が十八歳の高校三年生だった五月なので、およそ六年前ではあるのだけれど、まあ、十八年前みたいなものだ。

階段の上からふわりと落ちてきたクラスメイトを受け止めたその日――すべてが始まったと言えるその日の放課後、僕は何でも知っている委員長こと羽川翼《つばさ》に、そんな質問を投げかけたのだ。

そして返ってきたのがその答である。

地名姓。

つまり、戦場ヶ原という地名が、日本にはある――とは言え、当時の僕は、ストーリーの本筋にかかわりのない雑談は粛々《しゆくしゆく》とカットすべきであるという当たり前と言えば当たり前の語り部らしい良識を持っていたので、すぐさま、「あー、えっと、そうじゃなくて、僕が言っているのは、ほら、下の名前の方だから」などと、話を先に進めたことになっている。

時を経た今、ディレクターズカット版をお届けしよう。映画でもなんでも、ディレクターズカット版が好評を博すなどということは滅多《めつた》にないそうだが、チャレンジなくして成功なしだ。

「へえ、地名姓なんだ。致命的なまでに初めて聞いたぜ。お前は何でも知ってるな」

「何でもは知らないわよ、知ってることだけ」

三つ編み眼鏡《めがね》時代の羽川翼は、さらりとそう言ってのけた――その台詞も今から思えば懐かしい。

六年後の現在、彼女は名前どころか存在ごと消失してしまっている。元々、あちこちの家庭を――両親を——転々としていた羽川にとっては、名前なんて最初から、あってないようなものだっただろうけれど。

どんな名前も仮初《かりそめ》であり、泡沫《うたかた》だった。

十八歳、ゴールデンウイーク明けの阿良々木暦も、それは重々知っているつもりだったが、しかし、名前の大切さみたいなものを、まだ痛感しているわけでもないので、

「関《せき》ヶ原《はら》とか壇《だん》ノ浦《うら》とかみたいなことか？　洞《ほら》ヶ峠《とうげ》とか」

と、ズレた感性の合いの手を入れる。

「うーん。そういう合戦場所とは、戦場ヶ原はちょっと違うかな」

「そうなんだ。そもそもどこなんだ？」

まだ受験勉強を開始する前の阿良々木少年は、関ヶ原さえどこにあるか知らなかった。関ヶ原の戦いの年号さえ言えない。

「栃木県だよ」

「栃木県？」

ここで慎重にテロップを挿入しておくと、これは六年前、あるいは十八年前に交わされた会話であり、当時の時代背景や文化を保護するために、そのまま掲載されている。

「それはどこだ？　国内か？」

「日光《にっこう》って言ったほうがわかりやすいかな？」

「日光……」

にっこりと言われてしまうと毒気が抜かれたが（この直後に廊下で、毒舌の権化みたいな女子高生に襲われる人間の言い草である）、確かにそれだったらわかる……、が、じゃあ日光がどこにあるのかを問われると、阿良々木少年にはやはり見当もつかなかった。

むしろ緊迫さえした。

春休みの後遺症で肉体に吸血鬼性を残す阿良々木少年にとって、日光とは、忌避すべき二文字なのである。

その記憶がまだ生々しい頃だった。

「戦場ヶ原があるのは奥日光だよ。栃木県の、地図で言うと、左上のほう」

「思い出した。日光を見ずして結構と言うなかれの、日光か」

「そうそう」

よくできましたという風な羽川。

今から思えば、既にこの頃からあの優等生は、僕に教育を施していた……、文化祭の出し物を決めようという会合だったにもかかわらずだ。いや、文化的ではあったのか？

「ナポリを見て死ねみたいなものか……、で、その奥日光で、どんな戦いが繰り広げられたんだ？　何もなさそうなのに」

十八年前の発言である。そして年端《としは》もいかない高校生の発言である。自身の不勉強がゆえによく知らないだけの地方都市をディスることを、尖《とが》っていると思っちゃう年頃なのだ、自分の住所も相当地方なのに。

今のコンプライアンスでは考えられない。

「何もないわけがないでしょ。色々あるよ。中禅《ちゅうぜん》寺湖《じこ》、華厳《けごん》の滝、二荒山《ふたらさん》神社、日光東照宮《とうしょうぐう》……、日光東照宮は世界遺産だもん」

「そうなんだ……、でも、世界遺産って意外とどこにでもないか？」

十八年前の発言である。

掘り起こしているのは僕だが。

「それはどこにでもあるように、大切に保存させるために、指定されてきた歴史があるからよ」

なるほど、含蓄があるぜ。

阿良々木少年と同じ、高校三年生の発言とは思えない。あるいは十八年前の発言とは。

しかし、たとえ世界遺産じゃなくっても、日光東照宮は、さすがに聞いたことがあった……、徳川家《とくがわいえ》康《やす》が建てたんじゃなかったっけ？　その孫だっけ？　雑な知識だが、これに関しては当時の僕も、今の僕も、大差ない。強いて言うなら、当時と違って今の僕はあの世界遺産に、名匠・左甚五郎《ひだりじんごろう》の手による彫刻。

眠り猫があることを知っているだけだ。

猫……。

「二荒山神社って、ちょっとだけ僕の名前っぽいよな。そして戦場ヶ原か。出身地なのかな、戦場ヶ原の？」

「さあ、どうだろうね」

出身地を探るような下品な真似《まね》は、この頃からしていない委員長は、はぐらかすようにそう肩を竦《すく》めた……、でもまあ、たぶん違うと思われる。このあと羽川から聞くことになる話では、昔から、少なくとも中学生の頃から彼女はこの町に住んでいたのだから。

「戦ったのは、神様だよ」

「神様」

「栃木県の男体山《なんたいさん》の神様と、群馬県の赤城山《あかぎさん》の神様が戦ったの」

「栃木県と群馬県が？　戦ったの？」

訂正しよう。

たとえ十八年前でも許される発言ではなかった。

「なんのために？」

「……言っておくけれど、阿良々木くん。当時はまだ、県境とかなかったから。山はイコールで神様だったのよ」

「それは聞いたことがあるな……、だから山は『座』って数えるんだっけ？　神様が座る場所ってことで……、それで、その戦場ヶ原での戦いは、どっちが勝ったんだ？　どっちでもいいけれど」

「どっちでもいいとか言わない」

叱《しか》られた。

十八年前から時を越えて三つ編み眼鏡の委員長に叱られたみたいな気分で、悪くない。SFの気分である。

三つ編み眼鏡の委員長っていうのも、もういないよな。

「戦場ヶ原という栃木県サイドまで攻め込まれているることからわかるように、優勢なのは群馬県だったわ。赤城山の神様が、大百足《おおむかで》に化けて攻め込んできたの」

「大百足」

「それを、男体山の神様が、蛇の姿で迎撃したんだけれど……」

「蛇」

「最終的には猿麻呂《さるまろ》っていう人間が、弓矢で大百足の目を射貫《いぬ》いて撃退したの」

「猿……」

まあ、僕に未来予知の能力があるわけじゃないので、蛇とか猿とか、意味深に反復しているように見えて、単にあまりにも壮大な神話に、いまいちピントが合っていないだけである。

言うまでもなく大百足にもだ。

嚙《か》みつくという点において、吸血鬼とこじつけることもできなくはないが。

「まとめると、その二体の神様が争った場所が奥日光の戦場ヶ原。だからなのかどうなのか、一面見渡す限り、遮《さえぎ》るもののない湿原になっているわ」

「何にもないじゃないか」

「何にもないってことはないのよ、だから。阿良々木くんの見識じゃないんだから。たとえば夜には、見渡す限り一面の——」

星が見える。

羽川翼は決め台詞のようにそう言ったのだけれど、この一ヵ月後、人生で初めてできた彼女との初デートで、あることも知らなかった天文台に行くことなど想像もしていない僕は、「そうなんだ、それはよかった。何よりだ」と、軽く頷《うなず》いただけで、

「でも」

と、あっけなく話を戻した。

「あー、えっと、そうじゃなくて、僕が言っているのは、ほら、下の名前の方だから」

003

「殺生石《せっしょうせき》？」

「うん。殺生石」

僕が訊《き》き返すと、直江津署風説課課長・甲賀葛《つづら》は、そう頷いた——結婚披露宴に出席してもらったのみならず、スピーチまでしてくれたお礼を言うためと（僕みたいなものを褒めちぎってくれた。そういうならわしであることを承知の上でも、嬉《うれ》しかった……、旧態依然のすべてが悪習なわけじゃない）、今後の僕の身の振りかたなどを相談するために、古巣である直江津署を訪れた僕が、ふと漏らした新婚旅行の行き先に対する、それが彼女のリアクションだった。

「栃木県にあるんだよ。殺生石」

「なんか、物騒《ぶっそう》というか——怖い名前の石ですね」

個人的にも石の怪異と聞くと、警戒心が働いてしまう。いや、地獄のような春休みと、悪夢のようなゴールデンウイークの狭間《はざま》に、石にまつわるミニエピソードがあったんだよ。

こよみストーンって言ってね。

「うん。実際怖いよ。その石に近づく生物がばったばったと死んでいくっていわれの石だから」

「ＦＢＩじゃあんまり聞かなかったタイプの怪談ですね……、なんて言うか、日本っぽいです。でも、それがどうしたんですか？」

「その石に近づいてきて欲しいんだ、阿良々木警部補」

「おい」

「あ、今は阿良々木連邦捜査官だっけ？」

「日本にいるときは警部補でいいです……、じゃなくて、甲賀課長。言いませんでしたっけ？　僕、新婚旅行で行くんですけれど。栃木県に」

「お土産は宇都宮《うつのみや》ハムカツでいいよ」

「餃子《ギョーザ》じゃないんですか？」

「私はかつて、臥煙《がえん》先輩について回って、世界中の食をいただいてきたけれど、結局、この世にあるメニューの中で宇都宮ハムカツが一番おいしいよ」

「そうですか……、いや、日本食は普通においしいと、僕も帰国してから愛国心に目覚めてはいますけれど……、お土産にできます？　ハムカツって。冷めちゃいますよ」

「私の宇都宮ハムカツに対する気持ちは冷めない。ハムを買ってきてくれたら、揚げるのは家でやるよ」

自炊するんだ、甲賀課長……、でも、栃木のハムっていうのは、確かに聞くぜ。高校生の頃には知らなかった名産品だが。

「石じゃなくていいんですか？」

「ワニじゃないからね。石は食べないよ。大丈夫、殺生石が生物を殺すなんてのは風説だよ。今から八百年前、玉藻《たまも》の前《まえ》という九尾の狐《きつね》が化けた石が毒気を発して生物を殺すと言われていたけれど、実際には、石の周辺で発生する硫黄が、命を脅かしていただけだから」

「硫黄……、温泉地なんですか？　湿原だって聞きましたけれど」

六年前に。

それともこの六年で、湿原から温泉が湧《わ》いたのか？

「いやいや、栃木県は広いからね。阿良々木警部補がワイフと行く奥日光とは遠く離れた、那須高原《なすこうげん》だよ」

「那須高原は聞いたことがあります。茄子《なす》が名産なんですよね」

「違うとは言わないけど、違うよ」

「そこに温泉が？」

「温泉どころか温泉神社があるよ」

それは聞いたことがなかった。

上司の意見となすびの花には千にひとつの無駄もないぜ。

寂《さび》れていた北白蛇神社も相当な変わり種だったけれど、いろんな神社があるな、日本各地に。

「ワイフと共に、マイナスイオンならぬプラス硫黄を浴びてきて欲しいという、上司の親心だよ」

「硫黄って、危険である以前にすごく匂《にお》うんじゃありませんでしたっけ？　それに、風説って言っても、ばったばったと生物が倒れていた原因がオカルトじゃなかっただけじゃないですか。あと、なぜワイフと言うんですか、僕の妻を」

「阿良々木警部補が海外で研修を受けている間に、警察内でもコンプライアンス研修が徹底されてね。『奥さん』とか言うとクビになるんだ。臥煙先輩の力をもってしても守り切れない」

「つ……、妻は？」

「妻はありってことになっている。今のところ。ただ愚妻はアウトだ」

「愚妻はどの時代でもアウトでしょう。豚児《とんじ》と呼ばれていた僕が言うのもなんですが」

「呼ばれてないでしょ。あの阿良々木夫妻から」

「わかんないもんですよ、家庭内は。ああいう外面のいい夫妻が、子供を虐待していたりするわけです。じゃあこの場ではワイフでいいですけれど……、ワイフを硫黄の香りただよう場所に連れて行くというのは……」

「温泉旅行なんて定番だろう。坂本龍馬《さかもとりょうま》もきっと行ったよ」

坂本龍馬？　ああ、日本で初めて新婚旅行に行った偉人だっけ？　リボルバーを携帯していた偉人という意味じゃ、警察官として思うところがないでもないが……、よく知らないけれど、桂浜《かつらはま》に行ったのかな？

「いや、坂本龍馬は桂浜と関係はないらしいよ」

「ないんですか。じゃあなぜあんな立派な石像が……」

「あれは石像じゃなくて銅像だよ」

そして、石像じゃなくて石の話だった。

殺生石。

物騒な名前だが、しかし幽霊の正体見たり枯れ尾花——危険であることに変わりはないにせよ、正体が地中から湧いてくる硫黄だったというのなら、既にその風説は、解説済みである。

そうでなくとも管轄外だろうに。

「風説課の管轄は、地球の全土だよ。阿良々木警部補に海外研修に行ってもらっているのも、その一環だ——風はどこからでも流れてくるし、空気はすべて、繋《つな》がっている」

だからこそ、異臭も漂う。

と、甲賀課長は言った——それはその通りだ。

怪異に管轄なんてない。

野を越え山を越え、国境も海さえも越えて、吸血鬼はこの町にやってきたのだから。

それに、いくらルーツを辿《たど》る旅とは言っても、戦場ヶ原だけを訪ねてハネムーンとするというのは、さすがに弾丸ツアーである——その気になれば日帰りができてしまうじゃないか。

新婚旅行のRTAにチャレンジするつもりはない。折角だから栃木の名所をあちこち巡りたいとは思っていた……、殺生石はともかくとして、噂《うわさ》に聞く那須高原を訪ねるというのは、いいコース取りじゃないか？

「うんうん。おすすめだよ。あのコロナ禍《か》の功罪で、グランピングもすっかり定着したし」

「グランピング——豪勢なキャンプみたいな奴ですよね」

「そうだよ。BBQ《バーベキュー》とかね」

この僕が、あんな高校時代を過ごしたこの僕が、新婚旅行でBBQに興じるというのか……、十八年前の僕に教えてあげたいね。

六年前だったか。

まあ六年前の五月の僕だったら、阿良々木くんはキャンプでBBQなんてするような人間に成り下がったのかと、大人の僕を心底軽蔑《けいべつ》するのかもしれない。

　首をくってタイムパラドックスを起こしてくるかもしれない。

「那須高原にはいいキャンプ場がいっぱいあるんだよ、阿良々木警部補」

「グランピングのついでに、殺生石を見てくればいいんですか？　解決済みの風説を、念のために……、と言うか、後学のために？」

「そこまで牧歌的じゃない、牧場の多い土地柄《がら》であっても。将来を嘱望されるきみに、もっともっとキャリアを積んでほしいとは、思っているがね。他ならぬ私が臥煙さんからそう育成されたけれど、現場を知るっていうのは思いのほか大切だよ……、その殺生石がね、つい最近、ぱかーんと割れちゃったんだ」

「割れちゃった？」

　ぱかーんと？

　桃太郎みたいなオノマトペだけど？

「い、いつ？　なんでですか？」

「いつと言われたら、去年」

　本当に最近だった。

　由来が九尾の狐で、八百年前と聞かされていたから、尚更《なおさら》である……、八百年前って。

　考えてみれば、忍が生まれる前ってことだ。

「なんでって問われたら、経年劣化。周辺から発生する硫黄で殺生石自体も痛めつけられて脆《もろ》くなり、自重に耐えきれなくて割れたっていうのが、いわば定説だね」

　しかし風説は違う。

　と、甲賀課長は居住まいを正した。

「当然、九尾の狐が復活したように見えるだろう」

「…………」

「そういう風説が、歪《ゆが》んだ形で実体化する前にさらりと叩《たた》き潰《つぶ》すのが我々の役割だけれど、生憎《あいにく》、栃木県警にはまだ風説課が設立されていないからね。ぼちぼち出張の計画を立てていたんだけれど、その夕イミングで阿良々木警部補が結婚式のために一時帰国していて、かつ、新婚旅行で当該地域を訪ねるというんであれば、これぞ天の配剤でしょ」

「はいさいって感じですが。沖縄風には」

海外で研修を受けてきた人間からすると、新婚旅行に仕事を引っ付けられると言うのは、ザ・日本の働きかた改革って感じで、むしろ必要なのは意識改革だと思わされるけれど、しかし僕はそんな風に、『アメリカでは』『欧米では』『FBIでは』みたいな、出羽守《でわのかみ》にはなるまいと神に誓っている。

男体山の神に誓ってもいいだろう。

蛇の神様なのだとしたら、僕は嫌われているだろうが。

「殺生石のそばに、蛇の石もあるよ。盲蛇石《もうじゃいし》って言って。そっちの由来は殺生石とはぜんぜん違うけれど……、まあ、ネタバレはやめておこうか。見てきたらいい。来て見ればさほどでもあり殺生石だ」

「わかりますよ。要するに甲賀課長は、風説課のホープであると見做《みな》される僕が、その割れた殺生石を見に行って、『何事もなかった』と判断したという事実が欲しいんですよね？」

事実と言うか、既成事実と言うか。

事実婚――は、全然違うが。

まさしく実績と言ってもいい、この場合は。

「それが風説課の仕事。そうでしょう？」

「風説課に限らず、警察の仕事なんて大抵はそうだよ。『何事もなかった』っていう報告が、一番大切だし、一番平和だ」

仰《おっしゃ》る通りである。

事件なんて起きないに越したことはない……、都市伝説の本場であるアメリカでこそ、それは痛感した。風説なんて、流れないに限る。無風状態に越したことはない。

しかし……。

「あのう、甲賀課長」

「おずおずと何かな？　きみと私との仲じゃあない

か、ざっくばらんになんでも訊いて頂戴《ちょうだい》、阿良々木警部補」

「仮定の話なんですけれど」

「私は独身貴族だからその方面のアドバイスはできない」

「家庭の話じゃなくってですね。もしもこの僕が、新婚旅行やグランピングのついでに、その殺生石を見に行ってですね……、専門家の知見を仰いでですね」

この場合、『専門家』とは、僕の影に住まいを構えている吸血鬼のなれの果てのことである。

お前もプロなんだから自分の目で判断しろよと言われるかもしれないけれど、僕はもう、随分長いこと、吸血鬼性を発揮していない。向こう見ずだった高校時代は、遥か遠《とお》い過去である。

少なくとも栃木県より遠い。

「何事もなければ、そりゃあいいんですけれど……、何事もあって、しかも手遅れだった場合は、如何《いかが》いたしましょう?」

「?　どういうこと?」

「まただ、甲賀課長ったらとぼけちゃって。カギ括弧の最初にクエスチョンマークを出すと、本当にわかっていないみたいな演出じゃないですか……、もちろん、九尾の狐こと、吸血鬼よりも長生きな玉藻の前が本当に復活していたら、どう対応すればいいでしょうと質問しているんです、僕は」

うろ覚えのふわっとした知識でなんだけれど、玉藻の前って確か、日本を滅ぼすためにやってきた妖怪とかじゃなかったっけ?　殺生石に化けていたとは知らなかったが……、その石が割れたとなると、ああ、そこから飛び出していたとしてもおかしくはない。

僕の経験上……。

「そのときは、阿良々木警部補。あるいは阿良々木連邦捜査官」

甲賀課長はきりっとして言うのだった。

上司と言うか、上官の口調で。

「国に誓った忠誠の通り、任務をまっとうせよ」

「僕、日本でもアメリカでも、軍人ではないんですけれど」

二十四にもなってバトル展開だって？

いい大人なのに？

そんな殺生な。

004

僕達の新婚旅行には神原駿河《するが》も同行することになった。

なんで？

と訊く前に、ワイフが——阿良々木ひたぎが旅のしおりに、メンバーとして組み込んでいた。さながらミステリーの登場人物一覧のように。僕が二泊三日のスケジュールや栃木県内の行き先をあれこれ検討している間に——那須高原でのグランピングを織り込んでいる間に——、さらっと参加人数が変更されていた。

正式な書類に記載されてしまえば仕方ない。

決定事項だ。

初デートの際、自身の父親を同行させたことで有名なひたぎさんだが、六年の時が流れようと名字が変わろうと、そのメンタルだけは不動だとでも言うのか？

「いいえ、さっきは天文台によく行くとは言ったものの、最近はぜんぜん神原と遊べていないのよ。折角日本で働くようになったと言うのに、私も日本支部の定着にあっぷあっぷだったし、神原は学業があるから……、さすがの私も、お医者さんになる受験勉強を手伝ってあげることはできなかったから、遠くから見守るしかなかったし」

「ああそうか、神原はスポーツドクターになるんだったな……、そのために、体育大学の医学部に入ったんだった」

彼女と同じ大学に通いたくて受験勉強を頑張った僕なんかとは、雲泥の差の志望動機である。そう言えばその後、どうなったんだ？　海外にいると、情報ごと疎遠になるぜ。結婚式で顔を合わせたときに（神原はひたぎのブライズメイドを務めた。和式結婚式なのに）、訊けばよかった。

「今五年生で、医学部だから卒業は再来年ね。とは言え、今も研修とか色々あって……」

「研修ばっかりだな、みんな。若いうちは」

「希望していたバスケ実業団のスポーツドクターを目指しての研修中。向こうも経験者を欲しているようで、高校時代のインターハイは、無駄にはならなかったということね。スポーツドクターになるためには医師免許取得後、更に四年以上の勤務が必要とのことなので先は長いけれど、なので、多少無理をすれば私達の新婚旅行にばっちり参加できるというわけよ」

「めでたいようで、まだ歯車が噛《か》み合《あ》っていないぜ。空回りしているのは僕か、それともお前か？　多少の無理をさせているじゃないか。予定とか関係なく、あたかも前提として神原が僕達の新婚旅行に同行することになっていたかのようだ」

「いいじゃない、アメリカのシットコムなホームコメディみたいで。なんなら神原とシェアハウスしようかと思っているくらいよ」

「僕とも同棲していないのに？」

「積もる話もあるでしょう。暦も、昔の優秀な後輩が、未来の名医となって現れたコンプレックスに震えたりせずに、ちゃんと祝ってあげなさい」

それでは新婚旅行じゃなく、神原の慰安旅行みたいになってしまうけれど……、いや、神原の船出を祝いたい気持ちがないわけじゃないが。むしろ祝いたい気持ちでいっぱいだが。

坂本龍馬に端《たん》を発する新婚旅行は、基本的に、夫婦がふたりで行くものじゃないのか？

「何よ。夫婦同姓にはこれみよがしに疑問を呈《てい》する癖《くせ》に、そんな些末《さまつ》な常識にはへいこら平伏《ひれふ》そうというの？」

「そう言われると非常に弱いが……」

「二回旅行に行くよりも、どうせだったら一回で済ませておきたいじゃない」

「面倒がっているじゃないか。新婚旅行も、慰安旅行も」

「いいえいいえ、戦場ヶ原を戦場ヶ原に連れて行こうという面白企画については、非常に満足しているわ。苦しゅうないわ。是非その面白に、私の可愛《かわい》い後輩も参加させてあげたいというだけ」

面白企画とまとめられてしまうと、ちょっと二泊三日のニュアンスが変わってしまうんだけれど……、乗り気になってくれるのであれば、僕としても嬉しい。

こういうプロデュースが、ひたぎの名前を奪うことになる僕の自己満足に終わってしまうのが、一番辛《つら》いし、やっちゃいけないことだからな。

「戦場ヶ原が栃木県にあることは知っていたけれど、行くのは初めてだし、なんなら星が綺麗という情報も知らなかったわ。四半世紀近くを戦場ヶ原として生きてきた私としたことが、一生の不覚だし、すぐにでも取り返したい損失だわ。なので、非常に気分は高まっています。羽川さんはあんな風になっても、私達を助けてくれるのね」

「あんな風って言うか……、モノホンの革命家だからな」

風格が違うぜ。

風紀も。

「もしも連絡がつくなら、是非羽川さんも招きたかったところだけれど。羽川さんをハネムーンに」

「洒落《しゃれ》で誘おうとしている？」

その羽川も、もう羽川じゃない。

繰り返しになるが、二年前にあらゆる記録は抹消された。

今や彼女は、僕達の記憶の中にしかいないのだ。

「そもそも、人数について語るならば避けて通れないことに、暦だってひとりじゃないでしょう。互いに同行者を一名ずつ連れて旅行するということでいいじゃない」

おっと、それは盲蛇石ならぬ盲点だった。

言われてみれば。

確かに僕の影に住まいを構えている以上、旧ハートアンダーブレードこと忍野忍も、栃木県への旅には同道することになるのは、避けられない必然である――僕と忍はあまりにも一心同体過ぎて気付かなかった。

僕にとっての忍が、ひたぎにとっての神原と言うのであれば、文句などあるはずもない。

それに、好都合と言えば好都合である。

新婚旅行先では、日本を滅ぼそうと目論《もくろ》む九尾の狐との死闘が待ち構えているかもしれないのだ。

医者と吸血鬼。

治療班とバトル要員は、水筒やスマホ以上に、必携である。

005

現在拠点をワシントンDCに置いている僕、阿良々木暦は、もちろん日本にマイホームを持っておらず、こうして一時帰国した際には、当然、実家に帰ることになる。もちろん選択肢として、ひたぎの家に泊まるという方法もあるのだが――と言うか、結婚して籍を入れたのだから（この表現も大層古い。同籍《どうせき》したとでも言うべきか）、そうするのが当たり前みたいに思うのだけれど、彼女は彼女で、二十四歳にして未《いま》だ実家住まいなのだった。

つまりまだ民倉荘《たみくらそう》に住んでいる。父親と。ふたりで。

　大学時代は寮に住んでいたし、その後、アメリカで就職した際は、さすがにあちらに居を構えていたらしいけれど、就職先の支部立ち上げに際して日本に戻ってきてから、新たに不動産屋巡りをすることはなかったようだ。

　ひたぎのお父さんとはいい関係を築きたいと思うし、ひたぎとのなれそめを思えば、民倉荘も懐かしいが、しかしそこに押し入って夜を明かそうという気にはなれない。

　愛着があるのだろう。

　執着かもしれないが。

　新婚旅行は新婚旅行として、それよりも何よりも、僕達はまずは新居を定めるべきなのかもしれなかったけれど、結局僕は、ハネムーンを終えたらワシントンに戻って、なんだかんだと長引いている研修の続きを受けなければならないし——ＦＢＩＦＢＩと、自慢気に偉そうに言っているものの、その実態は選《え》りすぐりのエリート組織の見習いであり、最下層の下っ端《したっぱ》だ——いわばいつものポジションである——ひたぎも、キャリアやポジションを考えれば、おいそれと日本を離れるわけにはいかない。

　結婚しようと遠距離恋愛だ。

　だからこそ結婚という形が、あるいは形式が必要だったのだとも言える——古かろうと時代がかろうと、戦場ヶ原ひたぎは、阿良々木ひたぎにならねばならなかった。あるいは僕が、戦場ヶ原暦になるべきだった。

　まあ、あれこれそれらしい理屈を述べたけれど、要するに僕もひたぎも、まだまだ実家を離れられない、親離れのできないお子様メンタルだということかもしれない。

　ひたぎに限っては、高校生の頃から父子家庭で、反抗期もファザコン期もあって、もっと複雑な色々があって、父親をひとりにできないという気持ちもあるのかもしれない——新婚旅行に父親を同行させると言い出さないだけ、思えば、成長が見られるのかもしれない。

親離れの兆候だ。

もう二度と、家庭崩壊は御免だろうから——そんな彼女と新たな家庭を築くということに、僕もどうしても慎重になってしまう。こたびの新婚旅行が、その端緒になってくれればよいのだが。

ん？　僕？

阿良々木家？

いやいや、甲賀課長もちょっと言っていたけれど、僕の両親である阿良々木夫妻は——僕達も阿良々木夫妻だが——、僕が高校生の頃より更に偉くなっちゃって、首都に出向して久しい。帰国したので実家に戻ったと、僕もまた大仰に親孝行みたいなことを言ったけれど、その戻った実家に、両親はいない。

今や阿良々木家は、妹の火憐《かれん》が守っている——直江津署生活安全課の巡査、阿良々木火憐巡査が、一軒家で一人暮らしをしている。


なので、こうして帰国してみると、まるで妹に養われている兄みたいな図になる……、高校時代の阿良々木少年の未来予想図としては、およそ最悪のそれだ。

「兄ちゃんー。ご飯できたぞー。食べろ食べろー。あ、風呂《ふろ》も沸かしといたから、好きなときに入れよー」

「……いい大人になったよ、お前は」

なんで中学時代のお前のことをあんなに低く評価していたんだろうな、高校時代の僕は。今から思えば不当だったとしか言いようがない。世が世なら、腹を切って詫《わ》びたいところだ。

誇らしく語らせてもらうけれど、僕が日本を離れ、ワシントンで下っ端仕事をしている間に、未だ身長が伸び続けている日本人離れした体格の彼女は、なんと警察柔道で日本一になったそうだ……、日本一だぜ？

どうやってなるんだ、それ？

しかも、皆さんもしかすると、なかったことになった初期設定だからとお忘れかもしれないけれど、彼女は元々、空手家である……、柔道は専門ではない。

「いやあ、日本一っつっても、兄ちゃん。男女別だし、柔道は階級もあるから。だから褒められても、どうもしっくり来ねえ。だから今は必修科目を剣道に切り替えたよ」

「別分野の開拓に余念がないな……」

栂《つが》の木《き》二中《にちゅう》のファイヤーシスターズとして、地上最強を目指していた少女を、僕はどんな大人になるんだろうと本気で心配していたけれど、こうなってしまうと、あんな余計な心配はなかった。

マジで最強になっている……。

そして家を守っている。ひとりで。

「武器を持って戦うのは性に合わないと思ってたんだけど、使ってみると、剣もいいもんだな。奥が深いぜ。まあ、制服警官時代に拳銃《けんじゅう》を携帯していたから、素手の美学なんて、とっくに崩壊してたんだけど」

「射撃訓練も優良だったよな、お前」

「結局視力だからな、ああいうの」

達人みたいなことを言っている……、僕は現在、銃社会と呼ばれるアメリカで暮らしているのだが、そりゃもう毎日、戦々恐々だというのに。たとえ込められているのが銀の弾丸でなくても、銃は怖い。

キャリアな僕は正直、ピストルに馴染《なじ》みがないのだった……、射撃訓練はおろか、柔道も剣道もサボりまくっている。刑事コロンボのスタンスだ。

羽川に合わせる顔がない不良警官っぷりである。

バトルに興じた高校時代は、マジで今は昔なのだ……、秘匿事項である風説課の業務内容を明かすわけにはいかないけれど、ハネムーンのバトル要員には、こいつを連れて行くべきじゃないのか？

マジで怪異くらい、拳骨《げんこつ》で退治してしまいかねない……、妹を連れて行くとなると、いよいよ新婚旅行の新婚旅行感が消失するけれど……、不仲だった頃もあったが、本当、自慢の妹だよ。

そのうち兄妹水いらず旅に行きたい。

たったひとりの大切な妹だ。

え？　阿良々木家には妹はふたりいたはずだって？

何のことかな……、羽川とは違う意味で、どこで何をしているのかわからない妹のことなど、僕は知らない。

兄の結婚式すらブッチしやがった。

あの末っ子は、見事、心配した通りの大人になっている。僕もそれなりに破天荒な人生を送っているつもりだったけれど、あいつに比べたら、レールの上の人生もいいところだった。

あのレベルで自由な末っ子がいるというだけで、僕も火憐も、どころか両親も、公僕として職を失いかねない。

「いや本当、阿良々木の名を捨ててくれないかな、あいつだけは」

「そこまで思うなよ、兄ちゃん。可愛い妹じゃねーか」

うん。まあ言い過ぎた。

愛のある暴言だと思ってもらいたい。

むしろ、最愛の恋人の名を奪うほどに社会の常識にどっぷり浸《つ》かってしまった身からすれば、正直言って、身内の結婚式だろうと遠かったら、あるいは面倒だったら出席しなくてもいいというような判断がすっぱりできる自由さは、羨《うらや》ましくさえある。

それに実際、あいつが——または火憐が——誰かいい人と結婚することになったとして、そのときは普通に泣いてしまうかもしれないけれど、それとは別に名字が変わってしまうことに関しては、複雑な気持ちも持ってしまうかもしれない。

阿良々木火憐や阿良々木月火《つきひ》が、いなくなってしまう。特に火憐なんて、今はひとりで阿良々木家を守っているというのに……。

誰よりもお前が阿良々木なのに。

「どうすればいいのかな。お前達が仮に結婚したとして、その後、僕の養子にすればいいのかな」

「高校時代を彷彿《ほうふつ》とさせるやべえこと言ってるぜ、兄ちゃん。そんなことより、明日からの新婚旅行をどう楽しむかを考えろよ」

「思わず笑みが浮かぶくらい、いい考えかと思ったけど」

「兄の考え休むに似たりだ」

「にたり」

「変な笑みを浮かべるな」

ふうむ。

養子か。

「今は新婚旅行の前夜、久しぶりに妹とじっくり語り合いたい気分なんだよ。こんな穏《おだ》やかな時間を、お前と過ごせるなんて思わなかった。酒でも呑《の》みたい気分だ」

「あたしは格闘家だから、お酒は呑まない」

立派な姿勢だ。

僕もほとんど呑まないほうだが……、ひたぎも学生時代から、嗜《たしな》む程度だ。体質的に合わないというより、理性を失うのが嫌らしい。常に自分をコントロール下に置いておきたい、あいつらしいライフスタイルとも言える。

神原はどうなんだろう？　高校時代の体験から考えると、あいつも、理性を失うのは嫌派だと思う……。

「とは言え、旅行の心構えもしなきゃな。それで聞きたいんだけど、火憐、お前就職する前、日本中のあっちこっちで、ソロキャンプをしてたよな？」

「うん。してた。正確には山ごもりだけど」

よくまともに育ってくれたよ、本当に。

天の配剤はまことに複雑だ。

「ハネムーンでそれをすることになるんだけれど——山ごもりじゃなくてキャンプな——経験者から、何か心得はあるか？」

「熊とは戦うな」

「もっと素人向けのアドバイスを頼む」

「素人向けのアドバイスだよ。あたしは戦っちゃった。痛い目を見たぜ」

我が妹ながら立派になったものだけれど、やっぱり十代の頃は無茶苦茶だったな、こいつは……、血は争えない。月火はそういう意味では、長い十代を過ごしているという感じなのだろう。あいつは不死鳥みたいなものだし。

「山ごもりはともかく、グランピングみたいなのはしたことがないからな。食材を現地調達するっていう意味じゃ、山ごもりと似たようなものかもしれないけど」

「いや、僕達別に、狩りはしないよ？」

現地調達と言うか、グランピングは、手ぶらで行っても大丈夫という振れ込みなだけであって、サバイバル技術は必要ない……、はずだ。グランピングのグランは、グラウンドという意味ではない。

「テントは？　どうなってんだ？」

「それもあらかじめ用意されているはず。テントと言っても、ほとんどシェルターみたいな奴が」

アドバイスを受けたかったのに、僕が説明する展開になってしまった……、僕もガイドブックで読んだ知識しかないのに。

かじった程度どころか、味見もしていない。

「なるほど。それも山ごもりと似たようなもんだな。あたしも山ごもりの際には、洞窟《どうくつ》を探すところから始めたもんだ」

「天然のシェルターと一緒にしないで。マジでよく生きてるよ、お前」

「あの経験があったから、今も生きてられるようなもんだぜ、あたしは。就職してからの警察訓練でも、同じようなトレーニングはしたし。山中行軍みたいな訓練」

「お前、特殊部隊とかに所属してる？」

僕も風説課という秘密の部署に所属しているが、まさかお前はＳＡＴに？

キャリアの僕がそういう訓練を免除されているだ

けかもしれないが……、ＦＢＩのほうでも、下っ端とは言え、背広組だし。つくづくぬるいぜ、阿良々木青年は。

そんなハードな話を聞くと、初体験のキャンプに殊更ビビる必要はないようにも思えてきた……、なにせ不慣れだから、過剰に心配してしまうな、ついつい。失敗したくないという気持ちが強過ぎるのかな？

「キャンプなんて、大学生の頃だってしてないからな……、泊まりがけの旅行自体、もしかすると初めてかも」

「兄ちゃん、昔はよく泊まりがけでどっか行ってたじゃん。今の月火ちゃんみたいに」

そうだっけ？

あ、いや、そうか。たとえば地獄のような春休み、僕は約二週間を学習塾跡で過ごしたし、大学時代には斧乃木《おののき》ちゃんと、ヨーロッパの古城で過ごしたこともあった……。

グランピングどころか廃墟《はいきょ》暮らしを含めていいのであれば、泊まりがけの旅行をしたことがないわけじゃない。地獄旅行もしたことがあるくらいだ、あれは日帰りだったが。

地獄の日帰りツアー。

よく帰って来られたもんだ。

「そうか。そう思うと緊張したものでもないか。僕にあるまじきことに、下調べや旅の準備みたいなのを、入念に進めてしまっていたけれど」

「兄ちゃんのぶっつけ本番主義は、いい加減直したほうがいいとは思う」

と、苦言を呈してから、

「でも、兄ちゃんが緊張してるのはグランピングだからとか泊まりがけとかじゃなくて、戦場ヶ原さんと旅行するのが初めてだからじゃないのか？」

と、我が妹は芯《しん》を喰《く》ってきた。

取り調べか？

「あ、ごめん。戦場ヶ原さんじゃなくて、阿良々木夫人だね」

「阿良々木夫人って言いかたもどうだ」

『美味《おい》しんぼ』みたい。

そう言えばあの作品でも、栗田《くりた》さんと山岡《やまおか》さんが結婚した際に、夫婦別姓について語られていたな。恐ろしいことに、時代はあの頃から、一歩も進んでいない。

「お前も阿良々木だしな」

「ひたぎさんって呼べばいいのかな？　急に距離を詰めちゃう感じだけど。ひたぎ義姉《ねえ》さん？」

ふむ。

火憐もとうとう、義理の妹か。

「まあ、親戚《しんせき》になったわけだし、距離を詰めること自体はいいんじゃないのか？　僕が日本を離れているとき、もしもなんかあったら、あいつに頼って欲しいし」

逆に、あいつに何かがあった際には、是非警察官として、そして義理の妹として、力になってやって欲しい。

「ああ、そこは任しておけ、兄ちゃん。あたしの虎《とら》の子《こ》も、ひたぎ義姉さんに運用してもらおうと思っているぜ」

「親戚とは言え財布は別にしろ」

折角良好な親戚関係なのに、変な揉《も》めかたをしたくない……、お金絡みとなると尚更だ。ただでさえひたぎは、あれだけ憎んでいた詐欺師と、結果似たような職種に就いてしまっていることについて、葛藤《かっとう》を抱《かか》えているのに。

僕が警察官になったのも、本《もと》を正せば、ああいう詐欺師を捕まえるためだった……、サスペンスドラマじゃあるまいし、妻を逮捕するなんて展開はごめんだぜ。

それだったらまだ、風説を取り締まっていたほうがいい……、ハネムーン先でも、だ。

風説の流布って、詐欺みたいなもんだしな。

「警察官の妻だから、ちゃんと調査は受けてるんだろ？　ひたぎ義姉さんも」

「ちゃんと調査されたのかな？　あいつの高校時代の蛮行を思うと……、そもそも、そういう調査って実際におこなわれているのか？」

「あたしや兄ちゃんが警察官になれちゃってる時点で怪しいよな」

　警察柔道日本一になったことも、結果として優秀だっただけという言いかたもできる……、僕に至っては、親のコネと思われても仕方がない。

　逆に言うと、僕や火憐が調査をくぐり抜けているのであれば、文房具マニアのひたぎが警察官の妻になることにも、支障はないということなのかもしれない……、甲賀課長に結婚を報告した際も、特に何も言われなかったし。

　風説課の課長という立場上、または臥煙さんの腹心というプロフィールからして、ひたぎが戦場ヶ原ひたぎだった頃、蟹に挟まれた素行を知らないわけがないというのに。

「時代もあるし、やべー奴だから結婚を許さないってことはできないんじゃないのか？　スーパー窓際部署に飛ばされるだけで」

「警察内のスーパー窓際部署ってどこだよ……」

　風説課かもしれない。

　窓際だけに、風通しもよさそうだ。

「まあ、僕なんて、海外追放されたようなものだけれど……」

　話を戻すと、確かに僕は、コンスタントに泊まりがけの旅行をしていた……、と言うか、定期的に行方不明になる経験が豊富だった。だが、私立直江津高校時代も、国立曲直瀬《まなせ》大学時代も、ひたぎと、キャンプだろうとホテルだろうと、泊まりがけで出かけたことがない。

　国内だろうと海外だろうと、旅行の同伴者はいつも、幼女や童女や少女だった……、改めて、よく警察官になれたものである。

「そうか。新婚旅行って、でも、坂本龍馬の時代は、そういう側面もあったんだろうな。今はぜんぜんそんなことはないんだろうけれど、生涯を共にするパートナーとの、初めての長期旅行というような」

「人間性が見えるって言うもんな。一緒に旅をすると。逆に言うと、打ち解けるチャンスでもあるんだろうぜ。あたしも熊とは、ど突き合いの結果、わかり合ったもんだ」

「途中までは頷ける話だったのに、そこから山ごもりの話になっている。山ごもりって言うか、金太郎の童話みたいな話になっている」

山ごもりはひとり旅の話だろうけれど、空手家としての火憐は、合宿経験も豊富だろうから、人間性が見えるという部分は、傾聴に値する。それは人間味でもあるのだろう。

「パスポートなしで海外に出掛けちゃうような、出たとこ勝負の兄ちゃんが、旅の準備を丁寧に整えるようになったのはいいことだけど、そんな不安になることもねーんじゃねーの？　今更多少、旅先で喧嘩になったところで、解《ほぐ》れる絆《きずな》じゃねーだろ、ひたぎ義姉さんとは」

もう十年近い付き合いだろうに——と言われたし、実際、その通りではあるのだけれど、僕が高校生の頃から数えて、十年の付き合いになる相手は、戦場ヶ原ひたぎである。

阿良々木ひたぎではない。

誤解を恐れずに言えば、と言うより、どう頑張って配慮してもおよそ誤解を避けられない物言いだけれど、まるでひたぎとの人間関係を、一から構築し直しているような気分なのだ——それが恋人関係と婚姻関係の違いなのだと（法律から）言われれば、まさしくその通りなのだろう。

キスショット・アセロラオリオン・ハートアンダーブレードとの関係性と、忍野忍との関係性が、まったく違うを遥かに通り越して、真逆でさえあったように。

「名字を統一することで生まれる、家族の一体感か。

一体全体という感じで、これがそうだとはとても思えないんだけどな」

「だけど、ほとんど一家離散みてーにバラバラになった阿良々木家が、こうしてかろうじて繋がってられるのも、最低限の一体感があるからじゃねーの？　兄ちゃん」

それはそうかもしれない。

バラバラになっているほうからすれば、特にそうだ。

だが、自分がこういう立場になるまで考えたこともなかったけれど、その一体感——みたいなものが、そもそも僕の母親が、名字を変更することで生まれたのだとしたら、その歴史的事実に、僕という長男は、あまりに無頓着《むとんちゃく》だった。

当たり前と言われれば当たり前だが、僕が物心ついたときから、母親はずっと阿良々木姓であったわけで——知識として、結婚以前は別の姓であったことはわかっていても、それをちゃんと、しっかりとは意識してはいなかった。

それ以前は別の一体感があったはずなのに。

結婚を機会に、その一体からは引きはがされている。

ある意味で、母に対して、母以外の——とは言わないまでも、母以前の、個性や人格を認めていないようなものじゃないか、そんなの。

「ふう。となると、やっぱり行かなきゃいけないな、戦場ヶ原に」

「そのセンスを喜んでくれる伴侶と出会えただけでも、兄ちゃんは日本一の幸せ者だと、あたしは思うよ」

006

「九尾の狐？　知らんのう」

妹との食事を終え、妹と風呂に別々に入り、自室――と言っていいのかどうか、かつて阿良々木少年が使っていた痕跡《こんせき》のある部屋に落ち着いたところで、影からにゅるりと出現した金髪幼女に、晴れて新婚旅行中の僕のミッションとなった殺生石について訊《たず》ねてみたところ、そのようなつれない返事が返ってきた。

「ナンでもは知らんわい。ドーナツのことだけじゃ」

「うわー、面白い」

「九尾の猫なら知っておるが。エラリー・クイーンの名作じゃ」

「十数年の時を経て、漫画ばっかり読んでいたあの幼女が、古典の本格ミステリを読むようになっている……」

幼女も成長するものだ。

いや、成長したら日本どころか、世界が危機に陥《おちい》るのだが……、うっかりすると忘れられがちだけれど、このように幼女の姿でいることで、無害認定を受けている怪異である。

「怪異と言えば、お前はかつて怪異の王だったし、専門家である忍野から英才教育を受けているはずだろう。僕でも、玉藻の前って名前くらいは聞いたことがあるぜ？」

「名前のう」

なんか偽名っぽいがの、それ――と、忍は首を傾げるのだった。手首や足首も傾げている――それがずっと影の中にいたがゆえの、ストレッチだと思われる。

「怪異の王だった歴史も、懐かしのアロハ小僧からの英才教育も、もう十八年近く――六年じゃったか――前のことじゃからのう。すっかり忘れてしもうたわい」

なんだそりゃ頼りないと言いたいところだったが、しかしそれは、そんなものかもしれなかった――僕だって、受験勉強の頃に詰め込んだ知識は、もう砂粒のひとかけらほども残っていない。

ナノ粒子レベルの忘却である。

大学で何を学んだのかもはっきりしないくらいだ。最早《もはや》本当に受験したかどうかさえ怪しい……、親のコネで入学したんじゃないのか、僕みたいな奴は？

何度も死にかけたことも含め、怪異絡みのことは、記憶に深く刻まれているようでいて、実際にはそれらの思い出とて、美化されていたり、そうでなくとも変化していたりするのだろう。

地獄のような春休みや悪夢のようなゴールデンウイーク、羽川とのツーマンセルで吸血鬼や猫と、とてもスタイリッシュに、かつエレガントに戦い、抜群の決め台詞を放ったような記憶があるが、これは真実か？

「あれをやったらどうだ？　脳に手を突っ込んで、ぐちゃぐちゃかき回す記憶術」

あれは明晰《めいせき》に憶《おぼ》えている。トラウマのように。

「アホか。搾りかすである今の儂《わし》があんな荒技を試みれば、幼女の惨殺死体がお前様の部屋に出現するだけじゃ」

「大変じゃないか。キャリア警察官の全権力を振るって揉《も》み消《け》さなければ」

「絶対なっちゃ駄目な奴ではないか、お前様。警察官にも、ＦＢＩ捜査官にも」

「ふっ。だから僕は、名探偵になったのさ」

「本格ミステリっぽい台詞。か？」

違うと思う。

本格ミステリってなんだっけな。

「そうか。あれは一応、吸血鬼時代のお前の技だったか……、やっぱ、憶えているようで憶えていないもんだな」

「しかり。脳なんぞかき回したら、栃木県名物しもつかれみたいになってしまうわ」

「なんで栃木県名物には詳しいんだよ」

「一応、この国で暮らしていた時期もあるからの。神として」

そうだった。それも忘れがちな設定だ。

暮らしていたと言うか、君臨していた。

じゃあもしかして、この幼女は、戦場ヶ原における栃木県と群馬県の戦い……、もとい、神と神との戦いの、大百足と大蛇の戦いの、目撃者だったりするのだろうか？

砂かぶり席で見ていたのだろうか？

「それは時期がズレておるの。儂が日本で――つまりこの地で神を気取っておったのは、およそ四百年前の話じゃ。もうちょっと前じゃろ、その神話は」

「まあ、たぶん」

ちょっとどころじゃないだろうが、それは人間の尺度だ。

玉藻の前は八百年前だっけ？　まったく、スケールが違うな、大物の怪異や神々は……、じゃあ、忍と玉藻の前が、かつてこの国で接点を持っていた、みたいな因縁《いんねん》はないわけだ。

「僕と老倉みたいな仲良し幼馴染《おさななじみ》じゃないわけだ」

「そうじゃのう。お前様にも仲良し幼馴染はおらんがのう」

「いるよ。忘れてやるな、老倉のことを」

「仲良しのほうを否定したのじゃ。もっとも、儂の物忘れの良さも否定はできん。怪異殺しの真似事《まねごと》をしていた頃のことも、今となっては忘却の彼方《かなた》じゃ……、狐の怪異のう」

「狸《たぬき》と並んでよくいそうだけど、そうでもないのか？」

怪談にはよく登場する印象だが、しかし基本、いたずらっ子みたいなイメージがある……、国を滅ぼす規模の狐となると、正直、今の僕達では太刀打ちできないと言うしかない。

日本でもアメリカでも、僕はせいぜい調査員だ。ああは言ったが、忍も現状、バトル要員とは言えない……、賑《にぎ》やかしであり、マスコットキャラクターと言ったほうが実態に近い。万が一、風説が真実だった場合は、たとえ忠誠を誓っている甲賀課長の上意下達があっても、這々《ほうほう》の体《てい》で逃げ出すしかないだろう……、尻尾《しっぽ》を巻いて。

「尾骶骨《びていこつ》を切り捨ててでも逃げるぜ」

「強い決意じゃが、それも凄惨《せいさん》な現場じゃのう……、殺生石とやらは知らんけれど、そう言えばお前様、あそこら辺で割れた石の噂ならば聞いたことがあるぞ」

「へえ。やっぱり似たような伝承って言うのはあるんだな。分岐したのか、それとも統合されたのか。授業でさえなきゃ、古典ってのは興味深いぜ」

「宇都宮駅前の餃子像も真っ二つになったそうじゃ。封じられておった肉汁が飛び出したかもしれん」

「最近の話じゃねえか」

だからなんで栃木県に詳しいんだよ。

だったら知っとけよ、玉藻の前も。

人後に落ちるぜ。

「古来の情報が欲しいのであれば、その望みを叶《かな》えてしんぜよう……、真面目な話、ツンデレ娘を連れて行くにはいい土地柄じゃぞ」

「戦場ヶ原があるからじゃなくて？」

「悪口《あくたい》祭りという伝統があるそうじゃ。悪態《あくたい》をつきながら練り歩くという奇祭じゃけれど、毒舌家にはうってつけじゃろう」

「高校時代のひたぎに教えてあげたかったな……」

さすがに成人し、社会に出て、就職した今、ひたぎのあの毒舌ぶりはすっかりなりを潜めている……、情報番組の毒舌レポーターには、もうなれない。とは言え、それでも、往年を懐かしむ意味で、もしも寄れたら、寄ってみたいくらいインパクトのあるお祭りではあるな。

「どの辺？」

「足利《あしかが》市じゃ」

「お前、いにしえの知恵とかを脳内から引っ張ってきてるんじゃなくて、単にガイドブックを読み込んだだけじゃないのか？」

僕よりも新婚旅行を楽しみにしていないか、さては？

無理からぬかもしれない。考えてみれば僕の影に縛られっぱなしで、移動の自由を与えられていないのだ、この幼女は。かつては世界中を股《また》にかけていた、移動の姫だったのに。

「一ヵ所に留まることのできんかった姫時代のことなど、マジで覚えておらんわ。強制される旅なんぞトラウマじゃがな。とは言え、お前様に連れられて一年以上、アメリカで生活しておったからのう。日本食が恋しくなっておるのは事実じゃ」

「元々ヨーロッパ出身だろう、お前」

「しもつかれは好みが分かれるらしいが、なすべんというのに興味がある」

「なすべん？」

風説課のホープとして、怪異の下調べをしたくて忍を召喚したというのに、なぜ栃木県の講釈ばかりを受けているのかはなはだ謎《なぞ》だが、気になってしまえば仕方がない。

土台、ベースは新婚旅行なのだ。

愛する人から名を奪った償いに、少しでもいい旅にしたい。

「いや、なすべんに関して言えば、九尾の狐もあながち無関係ではないぞ。『那須の幕の内弁当』の略じゃそうじゃ。弁当と言いつつ定食のようじゃが、九尾の狐に見立てて、九つの皿で提供する定めになっておる」

「ふうん……、無学な僕が知らないだけで、しっかり地元に根付いた存在なんだな、九尾の狐は。……きつねダンスってあれは」

「あれは北海道じゃろ」

そうだった。

忍とは逆に、僕はすっかり日本事情に疎《うと》くなった……、かと言って、ワシントンに詳しくなったわけじゃない。見に行ったのはせいぜい、あのオベリスクだけだ。

ルーツを失いつつある不安定感がある。

それでもこれは、名前を失うほどの不安定感ではないのだろうが。

……その話もしておくか。

戦場ヶ原へのハネムーンにあたり、避けられない話題だ。

「忍」

「なんじゃ」

「いや、忍と呼んでいいものかどうか……、僕はお前の名前を奪ったわけじゃないか。その件について、これを機会にちゃんと掘り下げて語っておこうと思って」

「なーなーで誤魔化しておることを、今更掘り下げられてものう……、いや、お前様がツンデレ娘とそんな話をしておったのは、なんとなく聞こえておったが」

「僕もこうして大人になった今、避けてきた事実と新しい倫理観をもって、向き合うべきなんじゃないかと思うんだ。まず、四肢をもがれて死にかけていたお前を助けたときの件だが……」

「その話だけでこの本終わるぞ？」

メタ発言をすることで、忍は話を打ち切った——この辺りの手腕は、さすが、六百歳である。僕のシリアスなトークを、ギャグに転化することで処理しようとしている。

「じゃあカットして先に進めるけれど……、お前を無力化すること自体は必要なことだったかもしれない。でも、力を奪うことは必要でも、名前を奪うのはやり過ぎだったたんじゃないかって、今にして思ったんだよ」

「ふうむ。しかし怪異的には、名前を奪うことと力を奪うことは、ほとんどイコールみたいなものじゃからのう——本を正せば、キスショット・アセロラオリオン・ハートアンダーブレードという名前とて、そのために儂につけられたものじゃった」

「ああ——デスから」

「お前様がデスとか言うな」

デストピア・ヴィルトゥオーゾ・スーサイドマス

ター……、放浪の姫だった忍を、吸血鬼にした真祖である。

故人だ。

僕と忍は、その真祖の死に目に会うために、大学時代、ほとんど密航みたいなやりかたで欧州を訪れたのだった——言っておくが、警察官になる以前のエピソードである。

「そうか、そう言えば、そういうわれだったたな。それ以前はなんだっけ？　放浪の姫……、貴族のお姫様だった頃は」

「アセロラ姫じゃ」

「アセロラ姫」

「儂の旧名を笑うでないわ」

「笑ってはないよ」

「その前はローラじゃ。ローラ」

「笑わせにかかってるじゃん。言いかたで」

「ロードローラーじゃ」

「脱出不可能じゃん」

僕を不謹慎な奴に仕立て上げようとしてるじゃん。なんて極悪な幼女だろう……、絶対にローラじゃない。

「でも、それも難しいところだよな。ローラじゃなくなったから極悪な幼女になったのか、それとも極悪な幼女だから、ローラという名が不似合いになったのか。鶏卵《けいらん》が先か鶏《にわとり》が先か」

「その言いかたじゃと絶対鶏のほうが先じゃろう。極悪な幼女になったのはお前様が儂の血を吸ったからじゃ。名前のせいにするな」

それはもちろんそうだ。

正確には、ぎりぎりまで血を吸った——キスショット・アセロラオリオン・ハートアンダーブレードじゃなくなるぎりぎりまで。

責任回避をしたいんじゃない。

むしろ責任を取りたいのだ。

「忍野忍って名前は、もう金髪幼女ってイメージがすっかり定着しているもんな」

「あのアロハも、そんなつもりで命名してはおるまい。忍野にも忍にも風評被害じゃ……」

「お前が忍野のことをアロハとか、ひたぎのことをツンデレ娘とか言って、名前で呼ばないのは、個性を認めていないからなんだっけ？」

「以前からの前提条件みたいに儂をコンプライアンス違反のキャラクターに仕立て上げようとしておるではないか。お前様とてあのアロハのことは、小汚いおっさんとかアロハ野郎とか呼んでおったじゃろう。アロハ野郎にいたっては、アロハスピリットに対しても失礼じゃ」

「勝手なニックネームをつけるとか、相手の名前を呼び間違え続けるとか、そういうのももう時代じゃなくなってるのかねえ。それこそ、名探偵のキャラクターとして、かつては王道だったんだが」

「一方で、お前様とて、吸血鬼ハンターからハートアンダーブレードの眷属《けんぞく》とか呼ばれておった頃には、ハートアンダーブレードの眷属という感じだったのではないか？」

しかり。

戦場ヶ原ひたぎから阿良々木くんと呼ばれているときの僕と、阿良々木ひたぎから暦と呼ばれているときの僕が、とても同一人物とは思えない——また、神原から阿良々木先輩と呼ばれているときと、老倉から阿良々木と呼び捨てにされているときの僕に、同一性はないだろう。

真実がひとつでないよう、僕もまた一様ではない……、呼ばれる数だけ、多様性がある。

阿良々木少年と阿良々木捜査官も、暦お兄ちゃんと阿良々木警部補も、似て非なる存在だ。

「どう呼ばれるかって、こうしてみると思いのほか重要だな。名前なんてただの記号だと切って捨てられそうにない」

それを切り捨てさせてしまったのだ。

僕は、ひたぎに。忍にも。

「出馬するしかないのかな、やっぱり。もうすぐ被選挙権も得られることだし」

「お前様みたいなのが選挙権を持っておることすら脅威じゃったのに、被選挙権まで手に入れようとしておるのか……」

「六百年前、お前が吸血鬼になったことには、きっとなみなみならぬ決意があったんだと推察するけれど、デスにそう名付けられたときは、どんな気持ちだったんだ？」

「だからデスって言うな。それももう正確には思い出せんが、そう悪い気はせんかったはずじゃぞ。格好いい名前じゃったし」

その格好いい名前を捨てさせてしまったわけだ。

一方で、キスショット・アセロラオリオン・ハートアンダーブレードだろうと、忍野忍だろうと、本人が満足しているのであれば、何ら問題ないと言うこともできる。

「勝手な同情をするのは、自然界の法則に対する冒《ぼう》瀆《とく》という気もするな」

「法律は自然界の法則ではないがの。あのツンデレ娘に関して言えば、罪人の名前を冠されて哀《あわ》れじゃとも思う」

「誰が罪人だ」

「しかしそれが眷属になるということかもしれん。罪も名も半分ずつ背負うというのは」

それこそまさに、僕とお前との関係性である——そういうことで言えば、いつまでも忍を、忍野の名前で縛っているのも、理不尽ではある。生産者名の表示がされていない。

縛るなら。

僕の名前で縛るべきなのだ。

「なんじゃ、変な目で儂を見おって。久しぶりに」

「昔はよく変な目で見ていたみたいに言うな。いやいや、お前もそのうち、忍野八海《はっかい》に連れていってやらねばならないと思っただけさ」

「ヒロインを日本各地に連れて行くな、厄介《やっかい》な。トラベルミステリの雄にでもなる気か」

「まあ忍野八海がどこにあるのかは知らないんだけど」

「山梨県じゃ」

「本当に僕よりも日本全国津々浦々に詳しい……、山梨県にあったっけ？　海。七つの海どころか八つの海が」

「正直に言うと海ではない」

「海ではないのかよ」

「泉じゃ。恐らく木こりが斧を落としたのは、忍野八海なのじゃろう。八つもあれば、どれかには落とす」

「それは外国の童話だったはずだが……、選択制夫婦別姓っていうのも、金の斧と銀の斧を選ばせるようなものなのかねえ。真実の名は、泉に沈んだままだ」

「忍野八海もいいが、儂はまずは、二荒山神社中宮祠《ちゅうぐうし》にあるという祢々切丸《ねねきりまる》を見てみたいのう。怪異殺しとどっちが長いか、比べてみたい」


僕達のハネムーンに次々と外部から予定が組み込まれていく……、祢々切丸？　名前だけは聞いたことがあるが……、バトル展開への引力が強いな。何事もバトルや暴力で解決するっていうのも、もう時代じゃないのだが……、中宮祠？　二荒山神社は羽川から聞いたのを憶えているけれど、そことはまた違うのだろうか？

「場所が違うの。二荒山神社は日光東照宮と合わせて世界遺産になっていて、中宮祠は、中禅寺湖のすぐそばじゃ。いや、儂も行ったことがあるわけではないから、確たることは言えんが……、なんならロケハンをしてきてやろうか？　大ジャンプで」

「新婚旅行の下見なんてさせるわけにはいかないし、されたら台無しだよ。ネタバレ禁止だ。まあ中禅寺湖のそばだっていうなら、戦場ヶ原への通り道のはずだから、寄りやすいだろう……、さっき言ってた悪口祭りは足利だっけ？」

「うむ。将軍家を生んだ土地じゃ」

「足利も栃木とはね……、室町幕府もそこで開けばよかったのになあ。で、足利市のロケーションはと言うと……」

不粋にもスマホで調べてみたら、殺生石の那須高原からも戦場ヶ原の奥日光からも遠かった。宇都宮を挟んで、反対側と言ってもいい。そのふたつを外すわけにはいかないから、さすがに悪口祭りは、今回は諦《あきら》めるしかないか……、ひたぎのルーツ巡りという意味では非常に興味深くはあったけれど、しかしその奇祭は、年柄年中開催されているわけではあるまい。

さすがに悪口祭りを軸に日程は組めない。

「スケジュールを調整し尽くしての二泊三日だから、さすがに栃木県全域は巡れないぜ。でも忍、他にどこか行きたいところはないか？　コース上に入っていれば、優先的にそこを攻めよう」

「攻めると言えば峠かのう。いろは坂も栃木じゃなかったか？」

「いろは坂」

「四十八のヘアピンカーブを持つ、中禅寺湖に至る坂じゃ。正確には、至る上り坂と帰る下り坂じゃの。カーブごとに五十音が割り振られておる……らしい」

「四十八のカーブってのはすごいが、しかしいろは歌四十七音でも五十音でも、数が合わないけれど……？」

その謎もネットで検索してみようか？　いや、そういう知識こそ、ロケハンも知識もない、実地で体験して身につけるべきだろう。中禅寺湖に至る坂だと言うのなら、まさしく、戦場ヶ原に向かうための道じゃあないか。

「クルマは戦場ヶ原が出してくれることになっているんだ。ブライドカーじゃないし、キャンピングカーでもないが、大きめのミニバンだぜ」

大きめのミニバンというのは矛盾した表現だが、しかしまさしく、そう表現するしかないサイズのクルマである……、いろいろ買い換えて、そこに落ち着いたらしい。

僕のフォルクスワーゲンは、海外研修に行くときに、維持し切れずに売っちゃったからな。今頃、どこかで大切に使われているはずだ。

あなたの乗っているそのクルマは、僕のフォルクスワーゲンだったかもしれませんよ?

「ちゃんとチャイルドシートも設《しつら》えるように手配しておくから、安心しろ」

「それを聞いて誰が安心できるか……、ん? ちょっと待て、お前様」

「どうした。異常事態か」

「一心同体であるがゆえに、儂がお前様の蜜月《みつげつ》についていくのは、まあ避けようもない前提として……、しかし、ツンデレ娘や猿娘の前で、儂をチャイルドシートに座らせようとしておらんか?」

「いやいや、チャイルドシートは恥ずかしいかもしれないけれど、交通安全っていうのは、何よりも優先されるからな。僕も風説課とかＦＢＩとか、複雑な立場に置かれているけれど、しかし結局のところ自動車産業を基幹とするクルマ社会においては、交通課が最強だよ」

「儂をチャイルドシートに座らせて恥をかくのはお前様じゃが、そういう問題ではなく……、猿娘はまあよいわ」

「人間を猿呼ばわりするのも、今時じゃないよな。ああでも、日光と言えば猿か。反省できる分、猿のほうが人間よりも偉いとも言えそうだぜ」

「見ざる聞かざる言わざるを決め込むな。猿娘とは一悶着《ひともんちゃく》あったからの、儂は。魂をぶつけ合う、ラップバトルを繰り広げた記憶がある」

「歪曲《わいきょく》されている。記憶が」

死屍累生死郎《ししるいせいしろう》絡みのときだ。

詳しくは割愛するが、そのときの経緯を思うと、『まあよいわ』で済ませられる関係性と言えるかどうか……、それを言ったら神原と僕だって、血みどろの戦いを繰り広げたことがあるのだが。

「そうじゃのう。儂らにとって殺し合いなど、日常茶飯事じゃったからな」

「神々みたいなことを言ってる」

「じゃのうて、お前様よ。儂が議題にあげたいのは、ツンデレ娘に関してじゃ」

「なんじゃらほい」

「会ったことないんじゃが。儂。ツンデレ娘と」

厳密にはある。

まだ忍が僕の影に封じられる前、学習塾跡の廃墟で、忍野から英才教育を受けていた頃に——教室の片隅で体育座りをしている、深くヘルメットをかぶった幼女を、戦場ヶ原ひたぎは目撃している。

が、せいぜいそれだけだ。

あれを会ったとは言えないし、言えたとしても、言葉を交わしたことはない——戦場ヶ原ひたぎは、怪異の王とも、吸血鬼のなれの果てとも、接点をほとんど持っていないのだ。

例外的とも言っていいし、なんなら積極的に、僕はひたぎを、例外的な立場に置いてきた——蟹から解放された彼女を、怪異からできる限り遠ざけてきた経緯がある。

その意味じゃあ、後に神様となる八九寺とも、猿の左手を宿し続けた、臥煙さんの姪《めい》っ子でもある神原とも、やはり後に神様となった千石《せんごく》とも、本人が怪異よりも化物じみていた羽川とも違う——戦場ヶ原ひたぎは、特別扱いだった。

が。

阿良々木ひたぎとなると、そうはいかない。

「今は海を隔《へだ》ててリモート別居しているけれど、そう遠くない将来、ひたぎとは一つ屋根の下で暮らすことになるんだから。さすがにそのとき、お前を紹介しないわけにはいかないだろう。となると、このハネムーンは、とてもいい端緒だ」

「……影に潜んでついて行くつもりじゃったのじゃが。いや、なんじゃったらいつぞやみたいに、お前様の妹御の影に移動して、この家で留守番をしてもいいくらいじゃ」

人見知りなことをぶつくさ言い出した。

誰に対しても尊大だった、元怪異の王が、なんて
引っ込み思案だ――やはり名前を奪うという罪は重い。

王様を、こんな内弁慶にしてしまうなんて。

「僕の自慢のパートナーを、新しいパートナーに紹介したい」

「戦場ヶ原が本当の戦場ヶ原になってしまわんか?」

「語弊があった。相棒を、細君に紹介したい」

細君は令和でも使っていい言葉かな? 残念ながら情報が乏《とぼ》しくて、日本の基準をまだ判じかねている……、政治的に正しいかどうかはともかく、由緒正しい感じはするものの。

もちろん、戦場ヶ原が本当の戦場ヶ原になるかどうかはさておいて、持って行きかたを間違えると、阿良々木ひたぎが戦場ヶ原ひたぎに戻ってしまいかねない邂逅《かいこう》ではあるけれど、だからと言って、こればかりはなおざりにはできない。

それこそ妹御――火憐と月火のふたりや、あるいはまだ在宅だった両親に対して、高校生の頃の僕は忍の存在を隠し通したわけだが(一時期同居していた斧乃木ちゃんの存在もそうだが)、細君となると話は違ってくる。

元々ひたぎとは約束したのだ。

お付き合いを始めるとき。

怪異に関して秘密を持たないと――ならば、忍を紹介するのは、むしろあまりにも遅過ぎるくらいである。

こんな伏線を十八年近く回収していなかったとは、驚きを禁じ得ない。

「伏線を回収しないと怒られる時代になったからな。信じられないぜ。伏線っていうのは蜘蛛の巣みたいに張られているのが美しいものであって、回収されるかどうかは二の次じゃなかったのか?」

「言っておることはわからんではないが、お前様が

言うと大問題じゃな。いや、他にも仰山あるじゃろ。回収しておらん伏線。なんで今になって、儂とツンデレ娘をお見合いさせようとする。そこは分けておくのが美しいのではなかったのか」

「戦場ヶ原ひたぎが阿良々木ひたぎになったことで、そのツンデレ娘という呼称も、ついに変えるときがきたということさ」

「なぜじゃ」

個人的には猿娘だったりのほうも変えてほしいのだが、順番的には、まずはツンデレ娘である——なぜなら。

「なぜなら、お前が娘になるからだ。阿良々木ひたぎは母となる」

「は？」

「は？　ではなく母さ。お前を養子に迎えようという計画なんだ」

忍野忍を。

阿良々木忍にするときが来た。

007

「老倉。明日からひたぎと新婚旅行で栃木に行くんだけど、お前も来る？」

「死ね」

「二十四歳の大人が死ねとか言っちゃ駄目だよ」

「言いたいことがあり過ぎて、端的に集約して死ねと言ってしまったわ。お前相手に二文字以上喋りたくなかったし。でも、私も大人だし、整理してひとつずつ挙げていきましょう。新婚旅行に誘うな。前日に誘うな。私はお前が嫌いだ。嫌いと嫌いが嫌いで嫌いの嫌いへ嫌いな嫌いは嫌いを嫌い」

「なんだよ。結婚式には来てくれたじゃないか。お前のおめかしを初めて見たぜ。素敵だった」

「花嫁側の友人として出席したんだ。気軽に電話してくるな、妻帯者が。心を込めずに素敵とか言うな」

「休みは取れない？　二泊三日なんだけれど」

「いつまで大学生気分なんだ、お前は。私は仕事よ。明日も明後日《あさって》も明明後日《しあさって》もその次の日もその次の次の日もその次の次の次の次の日も。私に無給はあっても有給はない」

「退職したほうがいい。入院してでも」

「私を入院させようとするな。たとえスケジュール帳が全部余白でも、阿良々木と旅行なんて永遠に御免よ」

「その阿良々木っていうのは、どっちの阿良々木だ？」

「言うまでもないでしょう。まったくややこしくないわよ。私は戦場ヶ原さんのことは旧姓で呼び続ける。どうせすぐに離婚するんだから」

「あっはっは。それでさ」

「私の呪詛《じゅそ》を聞き流すな」

「その夫婦同姓については、色々思うことが多くって。いやまあ、急な誘いであることはわかっていたし、来ないだろうとは思っていたけれど、それでも一応こうして誘っておかないと、あとでぎゃーぎゃー言うじゃん、お前」

「私を面倒くさい奴みたいに言うな」

「え？　なんで？」

「面倒くさい奴なのに面倒くさい奴と言われるのが嫌なのかという意味の質問ならば、その答はイエスよ」

「面倒くさい奴じゃん」

「たとえ半年前からアポを取られても行かないけれどね」

「半年後までスケジュールがみっちりなのか。すげーな、町役場」

「そういうところよ、お前の。結婚しても、まったく大人にならないのね、お前は」

「いやいや、僕もこうして家庭を持ったことだし、お前とはこれから先も家族ぐるみの付き合いをだな

「いないわよ。私に。家族は」

「失言だった。申し訳ない。今のは正式に謝罪する。しかし、とは言え、僕達夫妻の婚姻届を受理したのも、どころかその婚姻届の証人になってくれたのもお前なんだから、お前は僕達の准家族なんじゃないか？」

「違う。仕事です。なんだ、准家族って」

「証人になるのも仕事だと？」

「書類の書きかたさえよくわかっていないお前と、そんな男と一緒になってしまった戦場ヶ原さんが、婚姻届の証人欄を空欄で持ってきたから、受理するために仕方なく私が名義貸しをしてあげただけよ」

「とても嬉しいし助かったけれど、同時に、不安にもなるエピソードだな。いつかそんな感じで、誰かの借金の連帯保証人になってしまいそうだ」

「心配ご無用。私が連帯保証人になったら、むしろ借金の審査は通過しないわ」

「……」

「どんな過去を送ってきてるんだよ」

「壮絶な過去よ。クレジットヒストリーは真っ黒よ。一度名前が変わってリセットされているけれど」

「ん？」

「あれ、言ってなかったっけ？　いえいえ、お前が例によって忘れているだけね、阿良々木。何かの間違いでお前と初めて会った頃、私は老倉じゃなかったでしょう」

「そうだっけ？　ああ、そう言えば、扇《おうぎ》ちゃんがそんなことを言っていたような、言ってなかったような――」

「誰よ、扇ちゃんって。新たなる阿良々木ガールズのひとり？　結婚式にはいなかったけれど」

「あの子は学校から動けないからな。残念ながら栃木県にも来られないだろう……、そうか。じゃあお前、別に老倉だからオイラーを信奉しているわけじゃなかったんだな。老倉史が始まる以前から、数学は好きだったのであれば」

「老倉史と言われても、名前が変わっただけで、私であることに違いはないもの」

「そうか。そういうケースもあるのか」

「他にどういうケースがあるのよ」

「名前に引っ張られるっていうのはあるんじゃないかなと思って。たとえば僕なんて、暦という名前だからこそ、歴史的な人物になろうと志しているわけだし」

「お前の暦と歴史の歴は違う字でしょう」

「なんと」

「そんな奴が日本を代表してアメリカで研修しているなんて、恥ずかしいわ。私の権限でワーキングビザを取り消してやろうかしら」

「そんな権力者なの、お前？　まさか優秀であるがゆえにこき使われていたとは……。別に僕は、日本を代表して、ＦＢＩアカデミーで研修しているわけじゃないよ」

「ずっと学生よね、お前」

「ほっとけ。永遠の命、おっと、永遠のモラトリアムを楽しんでいるよ」

「ぜんぜん名前の通りに育っていないじゃない。暦をめぐっていないじゃない」

「うまいこと言うね。そういう意味じゃ、お前は育ったんだな、名前の通りに」

「やかましい。知っているぞ、私が直江津高校に通っていた頃、裏で『老倉育たない』と陰口《かげぐち》を叩かれていたことは」

「僕、それ知らないんだけど……、ハウマッチと呼ばれていたことは知っているけど、育たないって何？」

「だとしたら余計な情報を明かしてしまったわ。戦場ヶ原さんから、いつだったか、教えてもらったんだけれど」

「あいつが陰口の発信源である可能性があるな。高校一年生の頃なら」

「私は病弱だったあの子の面倒を何くれとなく見て

あげていたのに？」

「好きな子の悪口を言いたがる女子だったからな。興味ない奴の悪口は、意外と言わなかったんだよ、あいつ」

「そんなツンデレみたいな微笑《ほほえ》ましいエピソードじゃないでしょう、『老倉育たない』は。当時、栄養失調気味だった私には。しかもその悪口を、まるで他の人が言っているみたいに私に伝えるのは、もはや陰湿と言ってもいい」

「悪評を立てることで大好きなお前を一人占めしたかったのかも」

「悪っ」

「色々あったな、高校時代」

「青春みたいに振り返るな。青ざめるわ。証人を降りるわよ」

「まあまあ。その償いというわけじゃないだろうけれど、ひたぎの奴、お前の仲人を務めるんだと今から張り切っているぜ。ほうぼうからお見合い写真を集めているぞ」

「こわっ。近所の世話焼きおばさんになろうとしている。所帯じみかたが昔気質《むかしかたぎ》……向いてるわけないでしょ、私に、お見合いなんて」

「そんなことを言ってるからいつまでたっても独り身なのよと言っていた」

「価値観がまったくアップデートされていないじゃない、お前の伴侶。半世紀前くらいの価値観で生きてるじゃない。新妻になった途端マウント取りにきてるじゃない、こんな私に」

「いやいや、あれで意外とロマンチストなんだよ。戦場ヶ原へのハネムーンにしたって、僕は名称の合致を決め手に選定したんだけれど、ひたぎにとっては、星空というキーワードが刺さったようだ」

「栃木県というのは、戦場ヶ原に行くのね。ふん。いいんじゃないかしら、阿良々木にしては」

「おお。生まれて初めて老倉に褒められたぜ。そんな褒めかただけど」

「行くのは戦場ヶ原だけ？」

「いや、なんだかんだで予定がぎゅうぎゅうになりつつある。二泊三日なんだけれど……、四日目にはもう、僕、ワシントン行きの飛行機に乗らなくちゃいけないから」

「お前こそ取りなさいよ、休みを。向こうはそういうのに理解があるでしょう」

「いろいろ駆り出されているとは言え、基本的には研修中だからな。結婚式もなかなかの強行軍だった……、ひたぎにしても、歩合制の成果主義だから、あまり長くは休んでいられない」

「厳しい労働環境ね、全員。絶対行かないけど、証人として一応、添削してあげるわ。どういうロードマップになっているの、お前達の新婚旅行は？」

「懐かしいね、お前の添削」

「憶えてないでしょう、私に添削されていた頃のことは」

「憶えているよ、数学の妖精《ようせい》さん」

「夭逝《ようせい》させてやろうか」

「僕を養成できるのも、夭逝させられるのも、お前くらいのもんだぜ。そんなわけで二泊三日のスケジュールは崩しようがないから、足利市とか、諦めた場所も多いんだけど、やっぱりここだけは外せないって場所もあるからさ」

「余裕は持たせたほうがいいわよ、旅行には。じゃないとぎすぎすするから。余裕のない私が言うのだから間違いはないわ」

「そうだろうとも。クルマでかわりばんこに運転しながら行くんだけど」

「新幹線が通っているところにクルマで行くの？　なんで？　車中でぎすぎすしたいから？　渋滞って知ってる？」

「いきなり駄目出しをするな、矢継早《やつぎばや》に。新幹線案は僕も出したけれど、運転が好きみたいなんだよ、ひたぎさんは」

「そう言えばそうだっけ」

「何せ高校生の頃から、卒業を待たずしてこっそり免許を取っていたくらいだからな。話してみると、僕も別口から聞いた、いろは坂という峠を攻めたいそうだ」

「免許取り消しになるわよ」

「まあそれは二日目の話で、初日は那須高原に行く。事情あって、殺生石を見に行かなくちゃいけなくてね」

「新婚旅行で？　殺生石を？」

「言いたいことはわかるが、僕だってノリノリで殺生石を見に行くわけじゃない。それはあくまでついでであって、基本的な目的はグランピングだ。ブームの最先端にいたいからな。ＢＢＱだったり温泉だったり、そういうまったりした体験ができればいいと思っている」

「ＢＢＱや温泉で相殺できないほどに殺生石が異彩を放っているわよ。お前がノリノリじゃないなら、誰がノリノリなの？」

「翌日、那須でなすべんを食べてから、高原を降りて日光に向かう。日光東照宮で眠り猫を見る」

「こっちからの質問にはまったく答えないじゃないの。眠り猫……、羽川さんを追悼して？」

「死んでないよ、羽川は。きっと……。でも、ガイドブックでネタバレを見ちゃったんだけれど、眠り猫の裏には鳥が彫られているんだってな。猫に翼って。羽川のモデルってともすると日光東照宮だったのかと、唖然《あぜん》となったぜ」

「まさかそれを見るためだけに行くんじゃないでしょうね、世界遺産に。学びなさいよ、数学以外も」

「日光東照宮と一緒に世界遺産になっている二荒山神社って、縁結びの神様で有名らしいから、そこはちゃんと参拝するつもりだ」

「あらあら。新婚旅行っぽくなったじゃない。ようやく」

「中禅寺湖そばの中宮祠には祢々切丸という大太刀があるそうなので、できることならそれも見せてあげ……、見たい」

「急に危なっかしくなったけれど。なんだか、ほうぼうから多数の人間の意見が入っていない？　本当に夫婦ふたりで決めてる？」

「こうしてお前にお伺いを立てているように、様々な意見を取り入れたいと思っているからね、僕は。民主主義の申し子なのさ」

「きな臭いわね……、お前が出馬したらネガティブキャンペーンを展開するからね」

「嫌な予告」

「その大太刀を見るためにいろは坂を攻めるわけね？」

「中禅寺湖でスワンボートに、乗れるものなら乗りたい。男体山に登るっていう案もあったんだけれど、どうも登山届を出さなきゃいけないレベルの山みたいなので、それは断念した」

「遭難すればいいのに。阿良々木だけ」

「お前がそれを望むならしてやらないでもないが、遭難者が出ると山に迷惑がかかるからな。大自然を悲しませたくない。だからいろは坂も安全運転だ。そしてその後、余裕があれば華厳の滝や竜頭《りゅうず》の滝を見たりしつつ、日が暮れる前には辿り着いておきたいものだね、戦場ヶ原に」

「どうして？　星を見に行くんでしょう？」

「戦場ヶ原に辿り着く前に星が見えちゃうと興ざめだというひたぎの提案を汲《く》んだのさ。戦場ヶ原に辿り着いて、ゆっくりと太陽が沈んでいくのを見届け、一番星を発見し、その後一晩、星の流れを見続けるという計画だ」

「星を見に行くどころか、プロがするような本格的な天体観測じゃないの。え？　二日目もグランピングなの？」

「二日目は車中泊だ」

「過酷」

「正直僕も、提案した時点では、二時間くらい星空を見たら、ホテルに移動する計画だったんだよ。グランピングじゃなくても、いいホテルが多いらしいし。だけど、聞いてみると、ひたぎの夢だったそうだ。一晩中、まんじりともせずに星を見るというストロングスタイルの天体観測が」

「本当にロマンチストなのね。そんな過酷な旅に私を気軽に誘ったのか、お前は……」

「死ぬときは一緒だぜ、老倉」

「死なば諸共《もろとも》でしょう、どちらかと言うと。星空の魅力みたいなものは否定しないけれど、流星群でも皆既月食でもないのに、飽きることなく一晩も観《み》てられるものなの？　私は地面ばっかり見て生きてきたから、よくわからないわ」

「さらっと悲しいことを言うな」

「地面をお前だと思って踏みしめてきた」

「さらっと怖いことを言うな……、まあ、星はとどまることなく動き続けるからな。タイムラプス撮影と言うか、定点観測と言うか……、流れ星じゃあないけれど、ひとつでもあいつの願いを叶えてあげられるんだとすれば、僕に異存はないよ。他の奴はともかく」

「他の奴？」

「いやいや、他にも天体観測に来ている観光客がいるかもしれないという意味だよ」

「いるかしら、平日だし……、悪趣味とは言わないまでも、そんな物好きなスターゲイザー。それよりも、いくら季節が夏とは言え、夜を明かしたりしたら凍《こご》え死《し》ぬんじゃない？　戦場ヶ原って結構な標高でしょう」

「そうなのか？　湿原だから、平面的なイメージがあったぜ」

「いろは坂を登ったでしょう、さっき」

「そうか……、防寒対策を怠ってはならないということだな。そのアドバイスは助かったぜ。僕を命拾いさせるとは、油断したな、老倉」

「戦場ヶ原さんがそこを怠るとは思わないけれどね。二日目の夜を戦場ヶ原で明かして、その翌日の最終日は？」

「そこは空白と言うか、予備日にしてある。何事もなければ、大トリの天体観測を終えて、あとはもう帰るだけなんだけれど、ノントラブルとは思えないしな。トラブルメーカーであるこの僕の旅なのだから」

「なんかダサい……、阿良々木の場合、トラブルメーカーって言うか、マッチポンプだし」

「聞いてみてどうだった？　僕達のハネムーンのロードマップは」

「家に帰るまでが新婚旅行です」

「ん？」

「徹夜で天体観測をした直後に、いろは坂を下るというのが危ういと思わされたわ。どちらが運転するにせよね……」

「大丈夫だろう。星見酒をするわけでなし、登りで一度、通った道でもある」

「通らないわよ。下調べが甘いわね、阿良々木。いろは坂は、登りと下りが別の道よ」

「ああ、そう言えばそう聞いたな……、別口から」

「さっきから言ってる別口って何？」

「八重歯が生《は》えている口だ」

「何それ……、私も行ったことがあるわけじゃないけれど、大学で受けた地理の授業が正しければ、登りが第二いろは坂で、下りが第一いろは坂だったはずよ」

「登りが第二なのか……、山頂がスタート地点という捉《とら》えかたなんだな。さすが神様の座」

「カーブにつけられた四十八音は、下から順番に数え上げられていくけれどね。ともかく、安全運転。第一いろは坂を下る前に、絶対に仮眠を取ること。気になったのは、大きなひとつを除けば、それくらいね」

「交通事故より大きなひとつがあるのかよ。それを第一に言ってくれよ」

「異彩を放つ殺生石がついでと言うのであれば、そのハネムーンのメインイベントは初日のグランピング と二日目の天体観測になるのよね?」

「まあそうなるよ。東照宮や祢々切丸も楽しみだけれど、ひたぎと泊まりがけの旅行をするというのが、実は初めてでな。だから、その二点を軸に置いたのさ」

「天気予報は見た?」

「ん?」

「雨が降ったらどうするわけ?」

僕が固まった。

008

翌日は雲一つない、突き抜けるような青空だった——ただし、僕の地元は。ついでに言えば現在僕が、軸足を置いているワシントンDCも、いい天気らしい。

本当に便利な時代になって、現地の気象カメラみたいなものをウェブで確認したところ、現在の栃木県に、少なくとも雨は降っていない——台風が接近しているということもないし、竜巻が発生する気配もない。

十一番目の魔女こと老倉の不吉な予言、もとい、ありがたいアドバイスは、さしあたり心配なさそうなのだが、しかし一方で、降水確率が低いというのはグランピングや車中泊における、最低条件ではない。

野宿をするわけじゃないのだから、クルマを走らせることもできないような豪雨や豪雪(夏だが)でもない限り、新婚旅行を中止しなくてはならないような喫緊の理由はない——主題が天体観測でさえなければ。

天体観測に関して言えば、問題なのは雨が降るかどうかじゃない——ほんのり曇るだけでもアウトなのだ。

僕ももう長らく天体観測に打って出ていなかったので――いや実際、はっきりとそれ目的で出かけたことなんて、戦場ヶ原ひたぎだった頃のひたぎとの、星空デートが最初で最後じゃないのか？　そしてあれとて騙し討ちのような形だった――すっかり失念していたけれど、空のコンディションは、文字通り運を天に任せるしかなかろう。

雨が降るかどうかならば、まだ長期的な天気予報とにらめっこすることで対応できるとしても、曇るかどうかというのは……、これまた文字通り、もやつく感じである。

「いえ、そんなことはあらかじめ承知の上よ、暦。そういう危うさも含めて天体観測なのだから。すべてが無駄足に終わるかもしれないというスリリングさも楽しまなくちゃ、大百足の攻めてきた土地だけに」

「大百足の足は別に無駄足じゃないよ」

「万が一曇っていたり、雨が降ったりしたら、また行けばいいだけのことじゃない。ニュージーランドじゃなくて国内なんだから、何度でも再訪できるでしょう」

と、ひたぎは、みっともなく狼狽《ろうばい》する僕をなだめたのだった。

先刻承知か、天文マニアにとっては。

「何度でも繰り返せるし、何度でもやり直せる。それが家族なのだから」

ふうむ、含蓄がある。

期せずしてひたぎの持つ家族観の一端を知れたのは嬉しかったが――戦場ヶ原家が乗り越えてきたものを思うと、ひとしおだ――、一方で、入念に下準備をし、旅の計画を立て、ロードマップを作成したつもりでいたところで、やっぱり僕は僕でしかなく、行き当たりばったりの場当たり的な性格は、二十四歳になっても不変であることを痛感する。

痛みを感じられるだけマシか。

新婚旅行で天体観測に行ったら目も当てられない曇天《どんてん》だった、あるいは目も開けられないような雨天だったというのも、後に笑い話にできればいいのだが——もちろん、晴れているのが一番いい。

先行き不安だ。

「それよりも私は、ついに忍さんを紹介してもらえることを心より喜んでいるわ。満願成就よ。こんなに機会を逸《いっ》し続けることがあるかというくらいに、あの学習塾跡のニアミス以来、逸し続けたものね。実は暦のイマジナリー幼女なんじゃないかと疑っていたくらいよ」

そう言ってくれたら助かる。

いや、そんなあらぬ疑いをかけられていたのは非常に大ごとだが、なにせイマジナリー幼女ならぬ忍のほうは、あれで結構な人見知りさんだから、説得工作に——もとい、説得に苦労したのだ。

血の繋がった家族である火憐や月火にだって秘密で通したのだから、ひたぎにも秘密で問題あるまいという忍の（まあもっともな）主張を突き崩すのは本当に苦労した……、あの元ファイヤーシスターズは、吸血鬼の実在どころか怪異の実在すら元々知らないのだからともかく、ひたぎにとっては、怪異は既に公然の秘密なわけで、伏せ続ける意味はないと、なんとか論破した。

それでも昔の忍だったら影に引きこもり、出てこないという天照大神《あまてらすおおみかみ》みたいな振る舞いに至っただろうが、そうせず、あらまほしくも顕現した上でハネムーンに同行してくれると言うのだから、なんだかんだであいつも変化しているのかもしれない。

老倉の勧誘には失敗したが（いや、どうせ来ないだろうとは思いつつ、来てくれたらよかったのにと、本心で思ってもいたのだが）、とりあえず、栃木県への四人旅は成立した——那須高原もそうであるに越したことはないけれど、どうか戦場ヶ原だけでも、晴れますように。

さて、家族と言えば、とにかく家を出発するまでが長いものだけれど、週間天気予報を見るのも忘れるような迂闊《うかつ》な精神の持ち主ならば、どんなに準備をしても一緒だからもうさっさと出掛けろと思われかねない頃だ——しかし、痺《しび》れを切らしているお歴々には申し訳ないが、もうひとつだけ、僕はホームタウンで済ませておかねばならない用事があるのだった。

集合場所である神原家に向かう前に、僕は先日、ひたぎとの結婚式を執り行った北白蛇神社を訪ねねばならない。

いや、それに関して老倉からの指摘はなかったけれど、あの幼馴染と電話で話しているうちにあっと気付いたのである……、あの因縁の深い神社で神前結婚式を開き、永遠の愛を誓った舌の根も乾かないうちに、いくら世界遺産とは言え、他県の縁結びの神社に参拝するというのは、果たして許される行為なのか？　と、不信心な僕は、すんでのところで思い至ったのだった。

ほら、受験勉強の際に羽川から教えてもらったのだけれど、あんまり合格祈願をあちこちの社寺でし過ぎると、神様同士が喧嘩をしかねないから、浮気せずに絞ったほうがいいそうだ——今から考えると、あの助言は合格祈願に関する豆知識にかこつけた、僕の普段からの生活態度に対しての手厳しい指摘だったようにも思えるけれど、まあ言われてみれば、あちこちで脈絡なく神頼みをするような姿勢は、褒められたものではないかもしれない。

しかし、だからと言って、既にロードマップに組み込まれた日光東照宮や二荒山神社を、今更敬して遠ざけるというのも、いささか気の遣い過ぎという気がする——というわけで、一応出立前に、北白蛇神社の気の置けない神様に、話を通しておけばよいだろうと、僕は折り合いをつけたのだった。

高校生の頃、早朝に北白蛇神社を訪ねたときには、大太刀で全身をバラバラにされるという冗談みたいな憂《う》き目《め》にあったのだが、あのトラウマを、そろそろ克服しておくのもよいだろう。

「おやおや。誰かと思えば、新婚の桜木《さくらぎ》こよみちさんじゃないですか」

「非常に光栄ではあるけれど、僕を最近映画化された赤毛の天才バスケットマンみたいに言うな。僕の名前は阿良々木だ」

「失礼、噛みました」

「違う、わざとだ」

「噛みまみた」

「わざとじゃない⁉」

「スラムダンクのことか⁉」

「神漫画」

「当時は特に気にならずに読んでいましたけれど、しかし同じチームに桜木と赤木《あかぎ》と宮城《みやぎ》がいるって、すごい名字の偏りかたですよね」

「神漫画に突っ込みを入れるな」

しかも赤木に至っては、主人公が赤頭だもんな……、そこが逆にリアルってことなのかもしれないけれど。

「リアルもまたバスケット漫画ですね」

と、見識のあるところを見せる北白蛇神社の神様こと八九寺真宵《まよい》は、相変わらずだった——と紹介したいところだったが、先日の結婚式で会ったときと同じ、巫女《みこ》服の成人バージョンだった。

今の僕からすれば、ほぼ同世代みたいな感じの外見だが、なぜ？

お前は小学五年生で十一歳の、迷子の神様なのでは？

「いや、式のときに説明したじゃないですか。阿良々木さんと最初に会ったときから時代も絶えることなく流れ続けて、世間体もアップデートされ続けて、成人男性とランドセルを背負った女子が、同じ画面の中にいるのはコンプライアンス上好ましくないと結論づけられましたので、こうしてわたしのキャラクターデザインは変更されたのです」

「神の力をもってしても対応できないほど強いのか、

コンプライアンス」

「児童労働にあたるのもよくないということなので、こうして見た目だけでも変えました。中身は小学五年生です」

それはそれでキツい設定だが……、ただまあ、みんなそんなもんだと言えば、そんなもんなのかもしれない。見た目ばっかり大人になって、中身は小学五年生だ。

二十四歳になったからと言って、僕も、高校三年生の頃から、そこまで人格に変化があるわけでもない……、旅の計画もろくに練れないし、スラムダンクの映画も、普通に楽しんだ。

「そうですね。桜木と赤木が、ちょっとごちゃついた程度ですよね」

「それはまさしく大人の視点って気がするな……、ただまあ、名字については、結構最近、思うところがあるから、うってつけの話題だぜ。聞いてくれるかな、八九寺」

待ち合わせの時間もあるので、あまり長話もできないゆえに、僕は本題に入った――これも大人になったということかもしれない。僕が高校三年生で、八九寺が小学五年生だったら、スラムダンクの話だけで三時間は使った。

流川《るかわ》の話で盛り上がった。

それが今や、流れるように主題であるハネムーンについて説明に入るのだから、一抹の寂しささえ憶える。一日があんなに長かった頃のように、時の流れは、もうコントロールできない。

「はあ。なるほど。赤城山に行くんですね」

「聞いて。僕の話を。ちゃんと」

「男体山ですか。まあ行くなとは言えませんね、さすがに」

やはり神様として複雑な気持ちはあるのか、八九寺はそんな言いかたをした――もうこの（名もなき？）山に住まいを構えてから、八九寺も随分になる。

見習いの神様ではないのだ。

感染症から町を守ったという自負もあるだろう──ウイルスを迷子にしたという、考えてみれば結構怖いことをしている。

「個人的には、忍さんを戦場ヶ原さん──失礼、カミさんでした」

「カミさんでしたって。お前も刑事コロンボのスタンスか」

「忍さんをカミさんに紹介するのであれば、不肖このわたしのことも紹介してほしいと思いますが。そろそろ」

「こないだの結婚式で会ったようなものじゃないかよ」

「あのかたには、わたしが見えませんからね。そういう意味では、本気で迷いのないかたですよ。いろいろあったようですが、今に至るまで一度も、家を見失ったことがないのでしょう」

「家を」

「あるいは、家庭を」

それを言われると、僕なんて、ずっとふわふわしてしまっているのかもしれない──八九寺真宵と初めて出会ったあの日……、妹達と大喧嘩をしたあの日から、そしてハネムーンに出発しようという今日に至るまで。

「阿良々木さんから迷いを取ったら、何も残りませんからね」

「お前に言われたらおしまいと言うか、お前に言われたらご神託だよ。まあ、実際迷いがなくなって、お前が見えなくなってしまうというのも、寂しい話だ。おはようからおやすみまで、僕はお前を見つめていたい」

「成人バージョンのわたしでもですか？」

「見た目に惑わされたりしないよ、僕は」

「それはつまり、成人したわたしの中にも、小学五年生性を見出《みいだ》しているということに他なりませんが……」

高校三年生と小学五年生がわちゃわちゃしている図も、確かに現代的ではないのだろうけれど、しかしそんな理由はどうあれ、こうして、タメみたいな感じで、神社に座ってお喋《しゃべ》りができるようになったというのも、付き合いの長さゆえだろう。

これを失いたくはないね。この僕らしさを。

「本当は見えないほうがよいのですがね、迷いなど。しかし、国内でも海外でも、阿良々木さんは迷い続けているようですので、この腐れ縁はもうしばらく続きそうです。……自分で言っておいてなんですが、腐れ縁ってすごい言葉ですね」

「腐るだけでも相当なのに、腐れだもんな。不貞腐《ふてくさ》れちゃいそうだぜ」

「不貞という言葉も、新婚さんが使うと危ういです。でもまあ、阿良々木さんの場合は、忍さんと一体化して長いですし、もしかしたら迷子とか関係なく、わたしの姿を捉えられるかもしれませんね。風説課に属していることもあって、ほとんど専門家みたいなものでしょう」

「ふむ。だったらいいんだが……、しかし、現在の僕が迷っていることは事実だ。迷走していると言ってもいい、いつもながら。結婚式を開いて、法的にも夫婦になっておきながらな。これから出掛けるハネムーンとて、その躊躇《ちゅうちょ》の産物とも言える」

「名字ひとつでそれだけ考えられる阿良々木さんはご立派ですよ。実際、名字は大切です」

「さっき桜木さんって言った癖に？　のみならず、およそ十八年に亘って、僕の名前を噛み続けた癖に？」

「噛み過ぎて、顎《あご》が疲れてきましたね」

「人の名前をガムみたいに言うな」

「何度か話題にさせていただきましたけれど、わたしも両親が離婚して名字が変わった際には、戸惑ったものですよ。愛着がありましたからね、結構。綱手という名字に」

「そうなんだ。こう言ったらなんだけれど、僕にとってはずっと、八九寺は八九寺だったから、綱手のほうが目新しく感じるくらいだったんだが」

綱手真宵。

蝸牛《かたつむり》的には、そちらのほうがらしくはあるのだろうけれど。

「なんだったらお前もこの際、阿良々木真宵になっとく？」

「ぶれっぶれじゃないですか、阿良々木家。ガチの阿良々木ハーレムを築く気ですか」

「そんないかがわしい組織は今も昔もなかったけれど、今となってはもう、想像するだけでしんどいばかりのグループだな……、楽しいこと一個もなさそう、阿良々木ハーレム」

「すっかり枯れちゃって……、悲しいですよ、そんな阿良々木さんを見るのは。見てられないです。話しかけないでください、あなたのことが嫌いですと言いたくなります」

成人バージョンで言われると、重みの違う台詞である。一方で、小学五年生とガチの殴り合いをした思い出は、警察官としてあるまじきものだ。

「あの思い出を隠滅するためにお前を埋めたいぜ」

「神域で何を仰っているのですか。とは言え、忍さんを養子にしようという発想は、往年の阿良々木さんをはるかに超えるものですけれどね」

「だからこの際お前も養子にしようと思ったんだが、うまくいかないものだな」

「篤志家みたいなプロジェクトを練らないでください。いえ、練ってもいいんですけれど……、阿良々木さんの場合、みなしごをあちこちから手当たり次第に集めているようで、印象がよくないですよ」

どの道、成人バージョンの八九寺を養子にするというのは、小学五年生を養子にするのとは、まるっきり別の犯罪性を感じさせる。

「どちらかと言うと、僕がお前の養子に入りたいくらいだがな。八九寺暦。なんか時代がかっていて、格好よくない？」

「滑降よく滑《すべ》っていきそうですよ、いろは坂を。確かにどことなく霊験あらたかっぽくはありますが……、吸血鬼が神様の眷属に入ってどうするんですか」

それよりも、と八九寺は言った。

境内《けいだい》に落ちた僕の影を見ながら。

「忍さんは、そのプランに関してはなんと仰っているんですか？　阿良々木さんのカミさんとの初顔合わせ自体、性格的に乗り気じゃないでしょうに、その養子になるだなんて」

「本人に直接訊いてみるか？　なんだったら起こすけれど」

人間の早朝は吸血鬼にとっての深夜なので、忍は現在、僕の影の中でぐーすか眠っている。僕との議論に疲れ果てたから泥のように、血みどろのように眠っていると言うこともできるが。

「論争が起きているじゃないですか。なんですか、血みどろのように眠るって。吸血鬼界のスラングですか？」

「家族だからな。喧嘩くらいするさ」

「わかったようなことを言いますねえ、機能不全家族出身なのに」

「誰が機能不全家族出身だ」

僕か。

いささか言葉が過ぎる気もするけれど、確かに（特に僕の、高校一年生から二年生にかけて）、阿良々木家は、家族としての機能を失っていたきらいはある。

十六歳だった阿良々木少年は、同じ職場に就職した妹と、まったりと夕食を取れる未来なんて、本当の本当に想像もできなかったに違いない。高校で落ちぶれた僕は両親から何の期待もされていなかったし、妹とは不仲を極めていたし、卒業すれば——あるいは退学すれば——すぐさま家を出るつもりだった。

それがこの体たらくだ。

「体たらくって」

「とは言え、今だって有効に機能しているとは言いがたいけれどな。両親は東京に、単身赴任ならぬ両親赴任だし、僕は海外に拠点を置いているし、もうひとりの妹は行方不明だ。機能不全家族の機能はかろうじて維持している」

「維持しないでくださいよ」

返す返すも、もっとも自由人で破天荒だと思っていた火憐が、まさかひとりで家を守っているとは……。

「だからこそ、自分で築く家庭は、温かい、笑いの絶えない家庭であってほしいと思うのは、高望みかねえ？」

「笑いの絶えない家庭ですか。まあ、虐待の絶えない家庭よりはいいんじゃないですか？」

「笑えないだろ。笑いと虐待をかけるな」

「実際、応援していますよ。虐待の連鎖みたいなのが起こらないように。機能不全家族で育った子供は健全な家庭を築けないなんて馬鹿げた言説を、軽く捻《ひね》ってやってください」

「機能不全家族で育ったつもりはないが、そのつもりだよ」

どちらかと言えばそれは、ひたぎの決意かもしれない。機能とか不全とかじゃなくて、戦場ヶ原家の場合は、家庭崩壊を経験しているからな。

その後の父子家庭にしても、とても健康的にバランスが取れていたとは言いがたい、不安定なものだった——ひたぎが体重を失い、病院通いを続けていた頃もあるし。

だから、新しい家庭を築くこと自体、ひたぎにとっては大冒険であるはずなのに、よく決意してくれたと思う。彼女のそんな家族観を、だから僕は尊重したい。

それこそ、名字を変えることなく、同棲や事実婚、内縁というように、いざというときの逃げ道を残しておくことだってできたのに……、もしかして、退路を断ちたかったのだろうか？

　高校三年生の母の日から、ずっと付き合い続けてきて、結婚を決意するにあたって、そういう気持ちが、僕に皆無だったわけではない……、強いて言うなら。

　いつまでも学生気分ではいられなかった。

「今も学生みたいなもんでしょうに。ＦＢＩアカデミー通いの」

「それを言われると弱いんだが……」

「しかしまあ、阿良々木さんのカミさんと生活を一にする以上、忍さんを今のまま、なーなーにはしておけないというのはわかりますよ」

「阿良々木さんのカミさんっていう言いかた、他にないか？　神様がカミさんって言うのもややこしいよ」

「奥方にしましょうか」

「奥さんは駄目なのに奥方はいいように思える不思議」

「阿良々木さんの奥方は、忍さんのことを知った上で阿良々木さんのプロポーズを受けてくれたわけですから、その点、理解はあると思いますが」

「ああ。面会には乗り気だよ。今日会えることを楽しみにしているくらいのことを言っていた」

「養子にすることも承諾してくれたんですか？」

「それはハネムーン先でのサプライズとして準備している」

「離婚フラグですね」

　八九寺が引いた表情を見せた。

　成人バージョンで引かれると、ギャグとかではなく、本気で引かれているという感じがするな。

　演技派なんだから、もう。

「本気で引いているんですよ。人生にかかわる大きな決断をサプライズにして、それこそなーなーで話を進めようとしているじゃないですか、阿良々木さん。たとえ忍さんじゃなくっても、養子を迎えようというような、その後の結婚生活を左右するほどの大きな決断を、星空ロマンチックな雰囲気で押し切る気ですか?」

「先に言っておいたほうがいいかな?」

「いいなんてものじゃないでしょう。先に言わないのなら、一生言わないほうがいいです」

ううむ、大人のアドバイスだ。

これが小学五年生だったら、一緒に悪ノリして「いいですね、驚かせてやりましょうよ!」と同意してくれそうなものなのに……、しかし、真面目に叱られてしまうと、その通りではある。

星空の下でするような話でもないな。

曇りかもしれないし。

「とは言え……、阿良々木さんの奥方の気持ちに配慮さえできれば、忍さんを阿良々木さんの養子にするというのは、ベストアンサーだと思いますよ」

「友人として?」

「神として」

スケールがでかいな。


僕がそう仕立て上げたのだが。

「臥煙さんから研修を受けていますからね、これでも。強大な怪異を名前で縛るという方法についても、それなりに詳しく教わっています――忍野さんが忍さんを封じたのは、もう六年以上前のことですし、かつ、その忍野さんも、この町を離れて長いです。封印が緩《ゆる》んでもおかしくありません」

「封印が――緩む?」

それは穏やかではない。

要するに、鉄血にして熱血にして冷血の吸血鬼、キスショット・アセロラオリオン・ハートアンダーブレードの復活を示唆《しさ》する事態なのだから神として看過できるわけがない。

その可能性は考えていなかったが、考えていなかったことが不思議なほどのリスクだ。

「むしろこれまで、ずっと忍野さんという、地に足のつかない放浪の専門家の名前で、忍さんを縛り続けられていたことのほうが奇跡ですよ。忍さんが殺生石なら、もうとっくに割れています」

あまり褒めたくはないが、それはつまり、忍野がそれだけ優秀な専門家だったということなのだろう――逆に言えば、現状を放置したところで、忍の封印が解けるだなんてのは、素人FBIの的外れな杞《き》憂《ゆう》であり、見習い神様の取り越し苦労もいいところかもしれない。

百年二百年とは言わないまでも、忍野が死ぬまでは、余裕で持つ封印なのかも――だとしても、やっぱり潮時だとは思う。いつまでも、通りすがりのおっさんの名で封じ続けるよりも、責任者であり、保護者である僕の名で封じるべきだ。

「まあ、そうは言ってもあいつも、地獄のような春休みの関係者であることに違いはないからな。忍野の名は外しても、忍のほうは残してやってもいいだろう」

「恩人に対してもものすごく上からですが……、でも、神の視点から見ても、忍野さんの名前を完全に外すというのは好ましくないでしょうね。たとえば、阿良々木ああああという名前にするのは、よくないです」

「人間の視点から見ても、その名前はよくないだろう」

RPGじゃないんだから。

しかし、言われてみれば、考えてしまう議題でもある……、もしも僕が忍に、新しく下の名前をつけるなら、どういったものがよいのだろう？

何も絵空事ではない。

実際、かつて忍を――と言うか、アセロラ姫だったりローラだったりを吸血鬼にせしめた真祖、ディストピア・ヴィルトゥオーゾ・スーサイドマスターは、あいつの名前をフルデザインしたのだから。

忍の名は残したほうがいいという神からのアドバイスに逆らう気はないけれど、戯《たわむ》れに考えてみるのも余興としては面白いだろう――我が子の名を考えるように、幼女に新しい名前をつけるなら？

「うーん。特に何に由来するってわけじゃない思いつきだけれど、阿良々木翼かなあ」

「重い重い重い重い。しかもそれ、似たようなことを、昔、あなたの奥方が仰っていたような気がしますよ」

そうだったっけ。

だとすれば似たもの夫婦だな。

「阿良々木撫子《なでこ》というのも悪くない」

「重いと言うより、機能不全家族への前兆ですよ。絶縁した女性の名前ばかりを、養子につけないでください」

「絶縁した女性の名前ばかりじゃないわ」

「どうせこのあと、阿良々木育《そだち》って言うんでしょう?」

「言うつもりだったけれど、老倉とこそ絶縁してないよ。あいつこそが真の腐れ縁だよ」

「幼馴染と言うか腐れ縁と言うかで、随分印象が変わりますね……、他にいましたっけ? 阿良々木さんが絶縁した女性。月火さんですかね?」

「確かに行方不明だが、あいつとは義絶するつもりがないんだ。妹だから」

「その姿勢は一貫してますよね。まあ、偉人とか、故人とかならともかく、生きている知り合いの名前をそのまんま子供につけるのは、あんまりお勧めできませんよ」

「そうだろうとも」

「忍野さんも忍さんを、さすがに忍野メメとかにはしなかったじゃないですか」

「メメメって」

だいぶん違うキャラになっていただろうな、それだと、忍も。

人見知りにはならなかったかもしれない。

「ドーナツ好きじゃなくてしめ鯖《さば》好きの幼女になっていたかもしれませんね」

「忍野〆〆〆じゃないわ。じゃあ故人であり、偉人どころか神でもあるお前の名前にあやかって、阿良々木真宵にしようかな」

「激重です。と言うか、普通に気持ち悪いです、阿良々木さんが娘にそんな名前をつけたら。なんでそこまで、阿良々木真宵を誕生させようとするのですか」

「お前と忍を足して二で割れば、丁度いい少幼女が生まれるんじゃないかという、狡猾《こうかつ》な目論見《もくろみ》があるのだ」

「なんですか少幼女って。怖いですよ、養子をそういう目で見だしたら。里親になれるわけないでしょう、そんなかたが。狡猾じゃなくてただただ迂闊な発言ですよ」

ふむ。

いろんな思考実験をしたけれど、結論としては、阿良々木忍が今のところ、もっとも据わりがいいだろう……、流れとしても、封印としても、それを超えるアイディアが出そうな気配はない。

うまいことできてるな、世の中は。

「でもさあ、考えちゃうぜ。僕だって、もしも阿良々木暦という名前じゃなかったら、ぜんぜん別の人間だったのかもしれないと思うとさ」

「そうですね。奥方とも付き合ってなかったかもしれませんよね」

名前ひとつでそこまで運命が変わるとは思いたくはないけれど、実際、中高時代だったら、出席番号が違うだけで、クラス内での立ち位置も変わりかねない――僕なんて『あ』だから、常に出席番号は一番か二番で、クラス替え直後なんかは、自己紹介の悪目立ちする位置だった。

人格の形成に影響がなかったとは思えない――裏を返すと、その成育歴のお陰《かげ》で今、ひたぎと結婚できたのだとすれば、そんな素晴らしい巡り合せもない。

僕の愛する妻の名字を塗り潰した、悪逆非道の四文字みたいに思っていたけれど、それを思うと、阿良々木という親から与えられた名前に、感謝もしなければ。

厳密には父方の祖父の祖父の祖父……、の名前だしな。たぶん。どこかで祖母かもしれないが、遡れば遡るほど、それはレアケースになる……。

「——と、そろそろ行かないと。無駄話は減ったが、お前と話していると時間を忘れてしまうところは変わらないな」

「そう言っていただけると神様冥利《みょうり》に尽きますよ」

「なんだったら一緒に来る？　戦場ヶ原に」

「成人バージョンでも若輩の身ですからね。高天原《たかまがはら》のあるような地は、恐れ多いです」

タカマガハラ？　ああ、二荒山神社にあるんだっけ——そういう神域が。みんな詳しいな、栃木県に。僕も高校時代、もっと地理の授業をちゃんと受けておけばよかったぜ。

「その代わり、遠く離れたこの山より、戦場ヶ原の晴天をお祈りしております」

「そりゃありがたいけれど、お前は迷子の神様であり、お天気の神様じゃないだろう。それとも、てるてる坊主《ぼうず》でも作ってくれるのか？」

「いえいえ、今でこそ蛇と名のつく神社でこのように神様を務めておりますが、私は元々、蝸牛の迷子ですからね。天照大神のようには参りませんが」

八九寺は笑って言った。

太陽を思わせる、子供みたいな笑顔で。

「雨の操作など、お手の物なのです」

009

「やあやあ、まさかこんな日が来るとは思わなかったぞ！　尊敬する阿良々木先輩と敬愛する戦場ヶ原先輩のハネムーンに同行できるだなんて、こんな誉《ほま》れはない！　おっと、私としたことが、浮足立ってしまった発言を。もう戦場ヶ原先輩ではないのだったな――尊敬する阿良々木先輩と敬愛する阿良々木先輩のハネムーンだ！」

「想像以上にややこしいな、夫婦同姓……、特にお前のような融通の利かない人間にとっては。あの、もしもひたぎが無理な先輩風を吹かせてお前を同行させようとしているんであれば、あいつが来る前に教えてくれよ？　僕から言うから」

うちの神様に筋を通してから山を降り、そのまま待ち合わせ場所である神原家に向かった僕を、門前で、元気いっぱいな高校時代の後輩が待ち構えていた。

スポーツドクターを志している医学生の本分を旅行中であれ忘れまいとしているのか、ジャージの上に白衣を着ている……、およそハネムーンに行く格好ではないが、まあ、神原のハネムーンじゃないからな。

ちなみに結婚式でブライズメイドを務めたときは、真っ白いタキシードみたいな服を着ていた……、思いっきり主役を食いに来ていた、新婦じゃなくて新郎のほうを。

バスケットボール部を引退してからは伸ばしていた髪も、また短くしていた。ベリーショートとは言わないが、初めて会ったときよりも短くなっているかも？　まあ、まだ学生だろうと医療従事者は、スポーツよりも、ハードな側面があるからな……。

「ふっ。何を言うかと思えば、早速私を試してくるではないか、阿良々木先輩。おふたりの独身さよならパーティーに出席するのが、高校時代からの私の夢だったというのに」

「高校時代からそんなことを企《たくら》んでいたのか……」

「その夢を越えて、まさかハネムーンの側用人《そばようにん》に抜擢《ばってき》していただけるとは、嬉しい驚きだぞ。驚きと言えば、おふたりはきっと結婚するに違いないとは思っていたけれど、まさか阿良々木先輩がＦＢＩ捜査官になるとは予想外だ」

「お前が医者を目指しているのも相当な驚きだけど

な……、えっと、医学部は六年制なんだよな？」

「うん。再来年で卒業なので、気遣《きづか》い抜きで、私もこのタイミングがベストだったのだ。おふたりの旅にご一緒できるのに、ベストでないタイミングなどないが。きっと神様からのご褒美《ほうび》に違いない」

「さっきその神様に会ってきたよ。遠くから栃木県の晴天を祈ってくれるそうだ」

まあ、蝸牛の神様だからと言って、雨をコントロールするパワーがあるとは思えないのだけれど、しかしいい気休めにはなった。ひとつだけでも、僕の気の迷いを晴らしてくれた。

「ふふふ。阿良々木先輩と戦場ヶ原に行こうなんて発想、阿良々木先輩からしか出てこないな。感心しかない」

「ん……？　最初の阿良々木先輩は、ひたぎのことを言っているのか？」

「他にあるまい」

「ひたぎ先輩って呼ばない？」

「そんな恐れ多いことはできない」

利かないなー、融通。

成人しようと再会しようと、板についた後輩ぶりである……、好感は持てるが、しかしだからと言って、ややこしいことに違いはない。

「そもそも、お前とひたぎだって、ややこしいと言えばややこしかったんだよな。戦場ヶ原と神原で……、えーっと、なんて呼ばれてたんだっけ？」

「ヴァルハラコンビだ。忘れないでほしい。宝物のような私の思い出を」

「悪い。呼ばれてたって言うか、お前が考えた呼称だったな……、忘れておきたかった起源だが。考えてみれば、栃木県の戦場ヶ原も、ヴァルハラみたいなものなのか？」

神様の合戦跡だから、ぜんぜん違うんだろうけれど、イメージ的には近いような気もする。少なくとも神話という点は共通している。

「ふうむ。中学生の頃の私は、ヴァルハラは知っていても、戦場ヶ原は知らなかったからな。それを知っていたら、戦場ヶ原コンビと名乗っていたかもしれない」

「お前の要素が見えなくなってしまったぞ……、考えてみたら、名前に神が入っているんだから、八九寺じゃなくてお前が北白蛇神社の主になるってのもありだったな」

「私は神様よりも医者になりたかった」

それをきっぱり言えるのはすごいぜ。

僕なんて、警察官にもＦＢＩ捜査官にも、どころか大学生にだって、なりたくてなったとは言えないから。

「なりたいわけでもないのにＦＢＩ捜査官になるって、阿良々木先輩のただならなさばかりが際立つぞ。しかし、だったらなぜワシントンに？」

「ひたぎのためだったはずなんだけど、すれ違うもんだぜ。結婚からしばらくは別居夫婦になっちゃうんだから」

「それも阿良々木先輩らしさだろう」

「その阿良々木先輩っていうのは、どっちのことだ？」

「阿良々木先輩のことのつもりだ」

わからないな……、これぱっかしは言葉遊びみたいに、イントネーションで区別をつけるわけにもいかないし。

世間は一体どうしているんだ？

昔の知り合い同士が結婚した場合、どう呼び分けている？

「僕が戦場ヶ原姓にしていたとしても、このややこしさからは逃れられないわけだし。神原はこういうの、どう思う？　お母さんが臥煙さんのお姉さんなんだから、臥煙駿河になっていた可能性も、お前にはあるわけだよな？」

「どうだろう、私の父と母は駆け落ちだったからな……、今にして思えば、正式に入籍していたかどうかも怪しい」

「そんなことある？」

「一応、神原遠江《とおえ》と名乗ってはいたけれど、小学生の頃の私が一家の戸籍謄本を調べたわけでもないから。ただ、母の場合は、経緯を思うと臥煙家との縁切りを目論んでいた節もあるから、名字はむしろ変えたかったのかもしれない」

「はあ……、確かに、臥煙さんの一族はややこしかったぜ」

「もしも私が臥煙駿河だったらという問いには、正直、返答しにくい。いくら阿良々木先輩からの質問であってもだ。両親が交通事故で死んで以来、この神原家なしで私はなかったわけだから」

なるほど。

単なる名前以上のアイデンティティというわけだ……、いわゆる家族の一体感っていうのが、そういうことを指しているのだとすれば、やはり一概に否定はしづらい。

少なくとも全否定は。

「夫婦同姓あるいは夫婦別姓に関しては、私からできるコメントはないな。私としてはそれ以前に、同性カップルのパートナーシップ制度の法整備を整えてほしいと思っているわけだから」

「整ってなお、名字はどちらかに揃えることとか言っていたら、まるでコントだけどな」

「先述の通り神原姓にこだわりはあるけれど、一方で愛する人と同じ名前になりたいという気持ちは、私は性格的に、わからないでもない。高校時代の私ならば、戦場ヶ原駿河になれるというのであれば、お祖父《じい》ちゃんやお祖母《ばあ》ちゃんの名前を捨てることも、やぶさかではなかっただろう」

うーん。

そりゃあそういう考えかたもあるし、尊重されるべきだよな。そもそも、夫婦でなくても、名前くらい好きにさせろと言いたくもなるが……。

ひたぎはそういう風に思ってくれたんだろうか？

阿良々木ひたぎは脚韻を踏んでいていい、くらいのノリだったけれど……。

「阿良々木先輩とて、高校時代、羽川暦になれると言われたら、付き合うか結婚するかはともかくとして、なっていたんじゃなかろうか？」

「あー、それはそうかも……、なんなら阿良々木翼になりたいとさえ思っていたくらいだ」

「下の名前をあやかりたいスタイル」

「広義でもコスプレとかがそうなんだろうけれど、好きな人や好きなものと一体化したいという気持ちは、どうしようもなくあるよな。一体化と言うか、同一化と言うか――」

吸血鬼も、あるいはそうなのかもしれない――血を吸われて吸血鬼になるっていう感染のメカニズムも、そうでもないと、よくわからない理屈だし。

「――それを法律で強制される感じなのが、どうにも気が進まないのかな。どちらかを選ぶんじゃなくって、足して二で割るみたいな制度だったらよかったのに」

「戦場《せんじょう》ヶ原良木暦《はららぎ》みたいに？」

「二で割れ」

「ヶ原木《はらぎ》暦とヶ原木ひたぎかな」

そういう国もあると聞いたことがある程度のうろ覚えの知識で言っただけだったけれど、意外と綺麗にはまったな、ヶ原木さん。

八九寺でも、なかなかそうは噛めないよ。

「お前とひたぎのイフルートだったら、ヴァルハラひたぎとヴァルハラ駿河か」

「悪くないな」

「金融投資家とスポーツドクター感はゼロだが」

「阿良々木先輩と忍野さんだったら、嵐野《あらしの》暦だな。格好いい」

「僕と忍野を結婚させるな。漢字変わっちゃってるし」

「忍ちゃんと結婚しても嵐野暦だ」

「価値観がアップデートされた結果、幼女との結婚はできなくなったんじゃなかったっけ？」

結婚はともかく、その場合、名前の縛りはどうなってしまうのだろう？　言ってしまえば怪異に限らず、家制度自体が、個人を名前で縛っているようなものなのだろうけれど――

「そのために、忍って名前については残そうと決めたんだし。あいつを、僕とひたぎの養子にするとしても」

「ん？　養子？」

「おやおや、まだ言っていなかったかな。何を隠そう、そういう計画を水面下で進めているんだ。車中で話そうと思っているんだけれど。さすがにあいつとの夫婦生活の中、忍をずっと影の中に潜ませておくわけにはいかないし」

「ちょっと待ってくれ、阿良々木先輩。そんな計画を、阿良々木先輩に内緒で立てているのか？」

「その阿良々木先輩っていうのがひたぎって意味なら、そうだ。最初はサプライズにする予定だったが、それだけは止《よ》せというご神託を受けた。なので眠気覚ましに、行きの車中でさらっと話す」

「神原後輩からも神託を申し上げたいな……、神原だけに。いや、恐れ多くもおふたりの夫婦間の問題に口を出す気はこれっぽっちもないのだけれど、サプライズはもってのほかだとして、車中でさらっと話すのもまずいのではないか？」

　真顔で言われてしまった。

　医学部だからそう思うのか、なんだか、ご神託と言うより、重病の宣告を受けてしまったみたいな気分だ。

　セカンドオピニオンって奴か。

「え……？　じゃあ、どういう風に伝えればいいんだ？　サプライズも駄目、さらっと話すのも駄目というんじゃ。目で語れとでも？」

「大事な話があると切り出せばよいではないか。プロポーズをしたときのように」

「なぜお前が僕のプロポーズを知っている」

「直後に長電話を受けたから」

「やってることが高校時代と変わってないじゃん、ひたぎさん」

後輩相手にのろけてるんじゃないよ。

しかし、高校時代と変わりがないのは、僕も同じということなのかもしれない……、確かに、これもちゃんとご指摘を受けてしまうと、さらっと言うようなことでもない。

夫婦間の問題。

そう、問題なのだから。

一体感と言うなら、ある意味で、僕と一心同体であり表裏一体であり、運命共同体である忍のことを、宙吊《ちゅうづ》りにしたままで華燭《かしょく》の典を挙げてしまった嫌いがあるのは、実際のところ、かなりの怠惰ではなかっただろうか？

幼女を養女にして、僕の名前で縛り直すというのは、今後を見据えたナイスな閃きなようでいて、結構な後知恵じゃあないか？　遅まきながらにも程がある。


やはり、まだアカデミーに通っているだけあって、どこか学生気分が抜けていない……、学はないのに。法執行機関の人間が、これじゃあまずいよな。

「ひたぎから見れば、そもそも重婚みたいなものだもんな。僕と忍の間に、分かちがたい血の絆があるっていうのは。そんな忍を養子にするというのは、抵抗があるかもしれない」

妖怪だから気にするなとか幽霊だから気にするなとか妹だから気にするなとか死体だから気にするなとか、そんな理屈が通じるのは、高校生までだ。あるいは平成までだ。

「いや、阿良々木先輩。妹まではは同意できても、死体は高校生のときの私でもいささか気になるところなのはさておいて……、そういう反省点も多々あるとは思うのだが、そもそも、阿良々木先輩がそれをお忘れということはよもやあるまいが……」

神原後輩、a.k.a. 神原医学生は、なおも僕という患者の診断を続けようとしたが、しかしそのとき、神原家の門前で問答をしていた僕達の耳に、けたたましいクラクションの音が響いた——都会ではおよそ許されないアピールの仕方だが、犯人は僕のカミさんだった。

阿良々木ひたぎの運転するミニバンがやってきた——家庭的かつ遠出にも向いたそのクルマの後部座席には、僕の注文通り、チャイルドシートが設置されている。

今はやむなくレンタルだが、そのうち、オーダーメイドのチャイルドシートを購入することになるだろう。一生モノのチャイルドシートだ。

運転席からの操作で、サイドのドアが開いた——旧車にこだわるタイプではないひたぎのクルマは、電子的に完全に制御されている。少なくともこのクルマが憑喪《つくも》神《がみ》だという展開はなさそうだ。先述の死体の童女のように。

「ふむ。ともあれ行こうか、阿良々木先輩。グランピングには興味がある。なにせキャンピングと、グラマラスとの合体語だと聞くからな」

「僕達のハネムーンであるグランピングを、そういう文法《グラマー》で捉えてほしくはないよ、神原くん」

竹を割ったような本人の意識は、クラクションで綺麗にもう切り替わってしまったようだけれど、果たして僕の後輩は何を言おうとしたのか、幼女の養女問題に関し、いささかの不安要素を残しつつ——ともあれ、二泊三日、失われし戦場ヶ原への新婚旅行は、こうしてスタートするのだった。

010

「トロッコ問題ってあるじゃない。あれっていったい何が問題なの？」

ミニバンの持ち主である僕のカミさん、かつてはサイクロン今は細君、阿良々木ひたぎは、当然の権利としてハンドルとアクセルを操作しながら、栃木県、まずは那須高原に向かう道中、そんなセンシティブな話題を振ってきた——トロッコ問題？

新婚旅行の最中にするのに、もっとも相応《ふさわ》しい、華やかで瑞々《みずみず》しいテーマとは思いにくいが……、今更あの語り尽くされし問題に、僕達が言えるようなことなんてあるか？

「いえ、なんとなくはわかるのよ。あなたはトロッコに乗っています。このまま直進すれば、レール上で作業をしている五人の作業員さんを撥《は》ね飛ばしてしまいます。しかしレバーを倒せば、トロッコの向かう方向を変えることができます——その先には、作業員さんはひとりしかいません。このまま五人を轢《ひ》くか、それとも五人を避けて、ひとりを轢くか。そういう厳しい二者択一を、回答者に強いているのよね？」

「うん。まあだいたい、そんな感じだったと思うが……、僕が知っているのは、トロッコには乗っていない、外部のポイントレバーのそばにいるバージョンだけれど、臨場感的には乗っちゃってるほうが伝わりやすいとして、それがわかってるなら、何が問題かもわかるだろう？」

助手席から、まずは僕が答える。

那須高原どころか、栃木県に向かうこと自体初めてなので、助手席と言っても、僕にできるナビゲーションなどなく、ドライバーを退屈させないのが唯一の仕事である——ダッシュボードに設置されたホルダーに固定されたひたぎのスマホが、道案内は担当してくれている。

機械に仕事を奪われた。

目的地まで約三時間。

ヘルシンキよりは近い。

「わからないわ。私が轢かれるわけじゃないのだから、別にそのまま直進すればいいじゃない」

「血の通っていない答」

「レバーを倒すという膨大な仕事量を、なぜ果たさねばならないのかっていう理由が明示されていないじゃない？」

「そんな奴がハンドルを握っているのか、このミニバンの？」

「ナイスでしょう。暦を乗せるのは初めてだったけれど、天井部分がガラスになっているのがお気に入りなのよ。特にそういうつもりはなかったけれど、車中泊で星を見るのには、うってつけのクルマよね。まさに私達のブライダルカーと言っても過言ではないわ」

「ああ、まったくその通りだ、戦場ヶ原先輩。もとい、阿良々木先輩」

後部座席右側から、ひたぎの忠実なる側近の同意の声が飛ぶ。もっとも、高い倫理観の求められる職種への就職を目指している神原は、トロッコ問題に関してまで同意したわけではないようで、

「もっと問題を単純化すれば、五人の命とひとりの命、どちらのほうが大切かを問うている問題ではないのか？」

と、整理してきた。

「医学的に言うならトリアージだ」

「なるほど。トロッコに乗ってレバーを握るだけの責任は、与えられているというわけね。こうしてドライバーとして、私が乗員の命を預かっているように。さすが神原、私の後輩。説明がわかりやすいわ。将来あなたに診てもらえるアスリートは幸せね。私も陸上を続けていれば、あなたに担当医になってもらっていたでしょう」

無茶苦茶後輩を甘やかしている。

悪口祭りに参加できないよ、それじゃあ——もしかすると、ハネムーンであることよりも、中学時代からの後輩と、したことのない遠出ができることのほうを喜んでいるんじゃないだろうか、この新妻さんは。

いいんだけどね。

「じゃあレバーを倒してひとりのほうに突っ込むの

が正解なのね。どちらにしても、わかりやすいじゃない。これを問題というのは、ありもしない問題を捏造《ねつぞう》しているようなもので、そっちのほうが問題だわ」

ありもしない問題を捏造していると言うか、それこそがまさに思考実験なのだけれど――老倉風に言えば、と言うか数学的に言えば、四色問題というのは、もうコンピューターによって解明されているのだから、問題ではなく定理というべきだ、みたいないちゃもんなのだろうか？

いずれにしてもただの雑談だが。

「トロッコから飛び降りるが正しい」

と。

そこで、後部座席の逆サイド――左側にセットされたチャイルドシートから、あまりご機嫌が麗しくない声がした。

「のじゃ。まあ、怪我《けが》をせんように飛び降りることができるなら、じゃがが。それで命を落としたら本末転倒じゃからのう――五人の命よりも、ひとりの命よりも、自分の命をまず守ることは前提じゃ」

「いや、前提と言うなら、忍。こういう問題だと、レバーを操作する以外の行為は禁じられているんだよ」

「操作以外の行為が禁じられておるのなら、思考も禁じられておるじゃろう。大奥様が言う通り、そのまま突っ込むしかない」

理屈を言われてしまったが、思考実験なのだから、思考は禁じられてはいまい――よりにもよって大奥様と呼ばれたひたぎは、

「そうよね、忍さん」

と、頷くのだった。

おお……、ふたりの会話だ。

ひたぎと忍が話している。

これから天体観測を主軸としたハネムーンに向かうからというわけじゃないけれど、皆既日食《かいきにっしょく》でも見ている気分だ。

これまで、ごく近くにいながらも、決して接点を持つことのなかったふたりが、今、同じ車内にいて、互いを認識している……、やはり、初めての会話がトロッコ問題でいいのかという疑問ははなはだしくあるけれど、変に畏《かしこ》まった思い出話や、堅苦しい自己紹介から入るよりも、意外と互いの何とも無関係なテーマは、相応しいのかもしれない。

適切な、大奥様のセレクトだ。

『我があるじ様』のカミさんへの敬称が『大奥様』でいいのかどうかは、立ち止まって考えてみるとやや国語的に怪しいが、まあ正直、どう表現しても咎《とが》められそうな文脈である——言っている幼女が奴隷の立場なのだから。

「さん付けはよせ。忍でよいわ。弁《わきま》えておるよ、これでも。我があるじ様の伴侶となる以上、お前様も儂にとってはお前様じゃ——命令系統の上位に属する」

「そう。では忍」

あっさり呼び捨てにし出した。

この辺りは、そういうセルフプロデュースだったとはいえ、中学時代、神原を含む戦場ヶ原軍団を組織していた女傑の才覚を感じさせる。昔取った杵柄《きねづか》か。

「出題者の性格の悪さを感じるじゃない。五人の命とひとりの命、どちらを選ぶのかを訊いているんじゃなく、命の選別に対して葛藤する様子を楽しもうという悪趣味を感じるわ。そういう出題者を轢き殺すのが正解なんじゃなくて？」

「常に発想が怖いな」

ただ、問題を極端に単純化し、思考実験にしているだけであって、医療界のトリアージじゃないが、濃淡はあれ、誰もが迫られることになる問題なんじゃないだろうか？

こんな僕だって、似たような選択を続けてきたような——

「とは言え、忍。わざわざトロッコから飛び降りようとする理由を聞いてみたいわね。死にはしないにせよ、それで怪我をするくらいだったら、別に乗りっぱなしでもいいんじゃないの？」

「儂の——と言うか、運転士ひとり分の体重がトロッコからなくなれば、衝突の威力もその分減じられるじゃろう。軽くなったトロッコならば、屈強な作業員五人がかりならば、止められるやもしれん」

おっと。

思ったより思考していたな、この幼女——ドーナツのことしか考えていないと見くびっていたら。作業員が屈強かどうかに関する言及は問題文の中にはなかったが、まあおこなっているのは肉体労働である。

一般人より鍛《きた》えられていると見るのが普通だろう……、そんな五人が一塊となれば、空っぽのトロッコくらいならば、止められなくはない……か？

少なくとも、作業員ひとりのほうにトロッコを送り込むよりはマシと言うか、生存率は五倍になりそうな気がする。

「なるほど。つまりトロッコ問題が問うているのは、窮地にあたって団結できるかどうか、人と人との絆を信じられるかどうかだったのだな！　意地悪クイズではなかったのか」

神原がいい風に理解した——いい医者になるぞ、この後輩は。アスリートじゃないけど、僕も職務で怪我をしたときには、お前に診てほしいよ。

「ふむ。トロッコの運転士側じゃなく、作業員側の気持ちになって考えればよかったのかしらね。確かに、四人を壁にすれば、自分だけは助かるかもしれないわ」

対してその先輩は、根っこのところが悪質だな……、ただまあ、真理でもある。五人で群れをなしていれば、ひとりは助かるかもしれないという生存戦略自体は、間違っているわけじゃない……、生物はそうやって生き残ってきた。

「助かることを信じて、空っぽのトロッコを送り込むことが正解だったとはね」

「いや、ひたぎ。トロッコ問題に正解とかないよ。お前の言う通り、葛藤させることが目的なんだから。忍が言ったみたいな答を出したら、じゃあトロッコじゃなくてトラックだったらどうかとか、新幹線の場合はとか、問題を次々にすり替えてくるだけなんだから」

そんな風にヴァリエーションを無限に増やせるところも思考実験の思考実験らしさ……、と言うか、意地悪クイズな部分である。

「出題者の意図を深読みするならば、葛藤してほしいというより、選ばせたいのじゃろうな。ひとりの命よりも、五人の命を」

忍は冷めた口調で言った。

冷めたと言うか、もしかすると、この人見知りさんは、初会話となるひたぎ相手に緊張しているのかもしれないが……、かつて軍団の長だったひたぎに対し、かつて怪異の王だったとは言え、実際のところ国民のいない国の王だった忍が、人付き合いが得意なわけがない。

「出題者の意図。なんだか受験勉強みたい。懐かしいわね、暦」

「思い出したくもないけれどな。神原は現役の受験生なんだろう？　医師免許を取るのに比べたら、大学受験なんて、ものの数じゃなかったかもしれないが」

「どうだろう、大学受験と医師免許じゃ、ちょっと比べにくいところもあるな。マークシートだから感覚で満点が取れるところもあるし」

「天才じゃねえか」

ブラック・ジャックなの、僕達の後輩は？　なんて心強いトラベルドクターが同行しているんだ、このハネムーンには。

「いやー、私は外科医だから、出番がないことを祈っているぞ。あくまでもおふたりの後輩として、このハネムーンを見届けたい。トリアージすることなく」

「まさか僕とひたぎのトリアージをすると仮定している？」

そうか、それもトロッコ問題のヴァリエーションではある……、五人の命とひとりの命ならば、葛藤はあれど、五人を選んだとしても、それで責められることはないだろう……、自責も含めて。

少なくとも言い訳はできる。

が、一対一となると、シンプルに選別した印象になる。好みや価値観が浮き彫りになってしまいかねない。

「そういう場合、医療現場ではどう判断するんだ？えーっと……、同じような症状の患者がふたりいたとして、治療器具や薬品はひとり分しかない、みたいな状態では、どういうトリアージがおこなわれる？」

「その状況は、医療現場と言うよりは災害現場だが……、基本的には早い者勝ちかな。そういう基準を設けておかないと、どうあれスピード勝負の現場で固まってしまうことになる」

「ふむ」

マークシートじゃ答えられない。

そんな選択問題である。

「同じひとつの命を、個性として見ないことが重要視されるかもしれない。ただし、救助にあたっては女子供を優先すべしというのは、騎士道精神やフェミニズムとは違う観点からも、基本であるように思える――あくまで個性を無視するならば、だが」

「ああ、それはなんか聞いたことがあるな……、それこそ、生物の生存戦略的に。年寄りよりも子供を生かし、男性よりも女性を残すことが、その種の発展に繋がるとかなんとか……」

これも相当単純化したものの見方なのだろうが、しかしこれくらい単純化しておかないと、沈みゆく船の中でパニックになりながら、複雑な思考はできないのも間違いないだろう。

沈みゆく船の中で。

あるいは、停《と》まらないトロッコの中で……。

「根本的な話、そのトロッコにはなぜブレーキがついておらんのじゃ？　トロッコが動いとる中で作業員が、五人も六人も仕事をしとるのもおかしいし。問われるべきは管理者の責任じゃろ」

設問が甘い、と忍は言う。

どうにでも後付けできるよう、わざと甘くしているに違いないけれど、しかし管理者責任ねえ……、責任を問うなら、重量は増してしまうけれど、まずはトロッコにはふたり、運転士が乗っておくべきという気もする。

飛行機で言うコーパイだ。

いざというときに責任が分散される……、死刑執行の際、誰がボタンを押したかわからなくするためみたいな理屈で、それはそれで、気持ちのいいものではないけれど、有事の際に個人が責任を問われるような制度は、現代的ではなかろう。

個性ならぬ属人性を失わせるのだ。

「でも、それは轢く側の発想であって、轢かれる側にしてみれば、責任の所在ははっきりさせてほしいんじゃなくて？　クルマに轢かれたときに、ドライバーが悪い、いや交通法規が悪い、いや自動車の構造的欠陥だ、いや政治が悪いと、責任者に際限なく増えていかれたら、追及も容易じゃないでしょう……、それこそ、もっとシンプルに、悪には悪でいてほしいわ」

ひたぎはそう言ったが、世の中、そんなわかりやすい悪ばっかりじゃないということも、確かであるーー尖ったことを言っているようでいて、そんなことは、僕達は高校時代に、既に学んでいた。

被害者と加害者なんて。

簡単に引っ繰り返る。

トロッコ問題で言えば、被害者は轢かれる作業員か？　それとも、そんなトロッコに乗せられた運転士か？

被害者面が気に食わない——と、アロハの専門家から言われている。このミニバンに乗っている全員が。

「まとめると、交通事故には気をつけて安全運転を心がけましょうということになるのかな？　阿良々木先輩」

神原が、僕ではなくひたぎに向けてそう言った——どうでもいい雑談の着地点としては、なかなかのところだ。いや実際、お前からも強く言ってやってほしいのだ、それを。ハネムーンの道中で、いろは坂にせよどこにせよ、運転ミスで高校時代のツレが無理心中みたいな展開は、絶対に避けたい。

二十四歳の阿良々木暦の不死身度は、ささくれがすぐ直る程度のことだ……、高速で崖《がけ》から落下したりしたら、たぶん普通に死ぬ。化け狐になんて、絶対会いたくない。

「そうね。肝に銘じるわ。あなたの言う通りよ、神原。ただし……」

ひたぎは可愛い後輩の顔を立ててから、しかし昔の性を我慢しきれなかったように、「ドヤ顔で難しい選択を迫るゲームマスターをぎゃふんと言わせる第三の道を、どうしても見つけたくはなってしまうわよね、この手の思考実験は」と付け加えた。

まあ、どっちを選んでも出題者の手のひらの上というのが気に入らないというのは、わからなくもない。

それこそ高校三年生の頃の戦場ヶ原ひたぎだったなら、そんな出題をされたら、うるさいと一喝し、出題者をトロッコで轢き殺していたに違いないのだから。

「そのような出題をされた時点で、舐《な》められておるということじゃろう。実際、儂が思う設問の甘さの、最たるところはそこじゃろうな。設問が甘く、感性も甘い」

と、チャイルドシートから、忍のご意見。

「回答者が社会的病質者で、どうせ轢くならより多くの作業員を効率的に轢き殺したいと思っている可能性を、まったく考慮しておらんもの」

命の選択を強いられることではなく。

六人全員を殺せないことに苦悩するかもしれんのにの。

011

その後、車中の退屈な時間を僕達は、囚人のジレンマやスタンフォード監獄実験やミルグラム実験やウミガメのスープやマシュマロテストと言った、思考実験やそれに近い議題で潰しているうちに、初日の目的地である那須高原のキャンプ場へと、夕方前には到着した。

事故ることなく、車内で早速喧嘩になり、成田離婚ならぬ栃木離婚をすることもなく——ひたぎは長距離ドライブ中、ハンドルを一度も譲ることなく（サービスエリアでの休憩は挟んだ。安全運転）、目的地に辿り着いたことにご満悦だった。

在宅ワークが多く、通信販売が発達すると、どうしても運転の機会も減るから、飄々《ひょうひょう》としているようでいて、そういうストレスと言うか、欲求不満は溜まっていたのかもしれない……、僕のベストフレンドの老倉からは、新婚旅行で長距離ドライブとか車中泊なんて信じられない死ねと罵倒《ばとう》されたが（『死ね』は彼女の萌《も》え語尾だ）、その点に関しては意外と、僕らしくもなく、的を射ていたのかもしれない。

あらかじめガイドブックで見てはいたものの、想像以上の大自然が僕達を出迎えてくれた——幸い、天候には恵まれたようである。

さすがに雲一つないとまでは言わないまでも、太陽燦々《さんさん》の青空だ。正直、気休めだと思っていたけれど、どうやら八九寺大明神の霊験はあらたかだったようだ——それだけに、後ろめたい気持ちも生じる。

後ろ髪をひかれる。日光東照宮と二荒山神社は、また今度にしようかな。

「殺生石は、ここからどれくらいの距離になるんだろう？」

「仕事人間ね、暦。さっき地図アプリで調べてあげたけれど、徒歩で行けるくらいの距離みたいよ」

「ふうん」

「徒歩、九十分くらい。山道を」

「クルマを貸してくれ」

他人にハンドルを握らせるのが嫌い過ぎるだろう——もう他人じゃないのに。しかし、そう言えば、名字が変わったことで、あのミニバンの名義も変更しなくちゃいけなかったのだろうか？

だとしたら細々と面倒だな、本当に。

細君だけにじゃ済まされない。

ともあれ、まだお互い探り探りの手探り状態とは言え、ひたぎと忍の初顔合わせ、初会話は、ぎこちなくはあったけれど、殺し合いに発展することなく終了したと言えそうだ——旅にイレギュラーを期待するのであれば、ある意味では拍子抜け《ひょうしぬ》けではあったけれど、一方で、神原と忍のときみたいな展開を望んでいるわけでもない。

ふたりともお澄ましさんだからわかりにくいが、それなりに緊張していたのだろうし、僕にも緊張感はあった——空気を読まない神原がいてくれて本当によかったとさえ思う。

僕達は天候以上に、後輩に恵まれている——その忍は、現在、ぼくの影の中に戻っている。

八九寺にあやかったいい天気の副産物であるけれど、元吸血鬼である彼女は日光が、そんなに得意ではない……、そういった観点からも、日光東照宮への参拝は、一考の余地がある。

まあプロから無害認定を受けるほどに力を失っている今、日の光を浴びたからといって灰になったりはしないのだけれど、名前を変えられた程度では失われない個性や本能というものも、どうしようもなく存在する。

落下防止の柵があっても高いところは怖い、みたいな。

阿良々木警部補や阿良々木捜査官になったところで、阿良々木少年のすべてが失われるわけじゃないのだ——失われてほしい要素でさえ。新婚旅行に車中泊を組み込んだりな。

というわけで、なし崩し的に僕に強いられた、僕の細君との面会を終えた忍は、影の中で午睡である——夜に割れた殺生石の確認に行く頃には、起きてくれるだろう。

神原後輩からのアドバイスに従って、忍を幼女から養女にするという提案を、車中でひたぎにするのはやめたけれど、しかしサプライズにしないのであれば、いつその話を振るべきかな？

ハネムーン中には話し合わないと、さすがにリモートで決めるようなことじゃないと思うのだが——と。


今はまず、グランピングを乗り切らねば。

乗り切らねばなんて言っていることからも改めてわかるように、元来、僕はキャンプをするような人間ではない。野宿こそすれ……、それはひたぎにしてみても同じだった。

「噂には聞いていたけれど、グランピングのテントって、ほとんど家みたいなものなのね。テントと言うより月面基地みたい。私の住んでいる民倉荘より立派なんじゃない？」

用意されていた、ペグを打つ必要もない、もう立派に建造物と言えそうなドーム型のテントを前に、ひたぎはやや複雑そうだった。

僕の感想も似たり寄ったりだ。

外面からはもっと無骨な、でかいかまくらみたいなのをイメージしていたけれど、中も立派に家である——辞退と言うか拒絶されたけれど、もし老倉が同行してきても、まったく不自由なく宿泊できそうな広々とした空間だ。

ぜんぜん一生住める。

「ワシントンで僕が住んでいるボートハウスも越えてきているぜ」

「ちょっと待った、阿良々木先輩。阿良々木先輩、ワシントンでボートハウスに住んでいるのか？」

「憧《あこが》れだったんでな。来たときは是非泊まっていってくれ」

「いつか私が再渡米したときには、トレーラーハウスに住みたいものね」

クルマが好き過ぎる細君はそんなことを言ってから、「神原」と、後輩に向き直る。

「お聞きの通り、私と暦はキャンプにおいてまったく戦力にならないわ。豊かなキャンパスライフを送ったと思われるあなたが頼りよ。特に夕ご飯のＢＢＱにおいては」

「いや、あんまりアテにされても困るぞ。私のがさつさは、おふたりのよく知るところだろう。ＢＢＱにしたって、大学に入ってから週一くらいでしかやっていなかったし」

十分過ぎるだろう。

たぶん現時点で既に、僕が一生の間におこなうであろうＢＢＱの総経験値を凌駕《りょうが》している。

「ふむ。グランピングは手ぶらで来られると聞いていたけれど、結局、料理は自分でしなければならないのね」

「いや、阿良々木先輩。ＢＢＱは食事ではあるけれど、料理と言っていいものかどうかは議論のわかれるところで……」

「料理でしょう。肉の切りかた、串《くし》のさしかたひとつで、味はぜんぜん変わってくるに違いないわ」

やったことがないのでかなりひたぎの推測が混じっているけれど、しかし、材料を揃えるところからが料理なのだとすれば、このキャンプ場は、僕達新婚さんを遺憾なくもてなしてくれた。

食材も調理器具にも不自由しない。

テントの中に自然由来の花束を用意してくれるサ

ービスさえあった……、そんな王道のサプライズに
はひたぎは素直に喜んでいたようなので、やはり忍
の件は、明日の夜、前触れなく告げようか……、悩
ましいところだ。

「おっと、そう言えば、阿良々木先輩。そして阿良々
木先輩」
「お前にはちゃんと区別できているのか？　自分で
言っていてこんがらがってこないか？」
「今日のBBQは不肖私が奉行を務めるとして、お
ふたりは普段、どうなさっているのだ？　料理や食
事は」
「私は基本的には外食ね。自分で作ることはほとん
どなくなったわ」
「僕も自分じゃ作らないけれど、外食という感じで
もないな。テイクアウトを自分の家で食う。ボート
ハウスで」
「ボートハウス住まいを言いた過ぎだろう、阿良々
木先輩。いや、阿良々木先輩と阿良々木先輩が将来、
ボートハウスで同居するのかトレーラーハウスで同
居するのかは定かではないが、その場合、家事はど
ういう風に分担するのだろうと、ふと、疑問に思っ
て」
「そんな蜜柑《みかん》ばかり食べてないわよ」
「文旦《ぼんたん》じゃなくて」
「一生懸命働いて、メイドを雇うわ」
欧米的な返答のひたぎだった。
冗談ではなさそうだ。
「暦も異存ないでしょう。ふふっ、もっとも、高校
時代の暦だったら、メイドさんに依存してしまうか
もしれないけれどね（笑）」
「（笑）じゃねえよ」
そんなメイド好きな感じは出していなかったと思
うけれど、しかし過去の記憶はいい加減なものだか
らな……、三つ編み眼鏡の委員長にしか興味がなか
ったというノスタルジィは、加工された思い出かも
しれない。

まあとは言え、僕は間違ってもひたぎに、家庭に入ってもらいたいとは思わないし、だからと言って逆に、僕に満遍なく家事ができるとも思っていない……、色んな代名詞があるけれど、両者、家人という言葉は不似合だ。

メイドというか、ハウスキーパーさんを雇うというのは、阿良々木家の場合、ベストアンサーな気がする。

憚《はばか》りながら、その余裕はある。ダブルインカムだからな。しかも片方は命の危険がある職だけに、給与は——機密事項だ。

「そうか。あいわかった。では、私がメイドとして、ご一緒に渡米を——」

「夢を捨てるな」

せめて医大への留学のためとかで渡米してこいよ……、まあ、高校時代の神原なら本気でそれを考えかねないが、さすがに二十三歳の彼女が言うのは、軽い冗談だろう。

重い冗談とも言えるが。

「そもそもお前こそまったく家事向きじゃないだろう。僕もまさか、結婚式の数日前にお前の家を片付けることになるとは思わなかったぞ」

「いつの日かぱっと、片付けられる人間になるんじゃないかと思っていたけれど、そんなことはなかったな」

「それでも私の可愛い神原は、唯一片付けられないだけで、料理はできるんでしょう？　ＢＢＱのみならず」

阿良々木先輩からのフォローが強いな。

ハネムーンに同行させたくらいである、ひたぎは本気で、神原をハウスキーパーとして雇いかねない。忍が養女なら、神原はベビーシッターか？　それこそシットコムである。

はっきり言うと、フルハウスだ。

続編のフラーハウスというのもあるらしい……、まだ未見だが、いつか絶対見る。

「どうだろうな。真面目に答えると、私がなりたいのはスポーツドクターだから、いわゆる食の管理も職掌の範囲に含まれる。なので、アスリートの栄養管理という意味で、一通りの料理は、今のうちに身につけたいと努力している」

本当に真面目な返答だ。それを言われたらさすがのひたぎも、かつての後輩を強引に、アメリカに連れて行こうとは思うまい。一線を画す後輩に、越えられない一線を引かれたようなものだ。

そういうのは厳密には管理栄養士の仕事だろうに、かかわりを持つ以上、自分でもある程度料理のいろはならぬ、さしすせそは押さえねばなるまいという使命感は、見上げたくなるほどだ。

「ただ、その甲斐《かい》あって料理はできるようになったけれど、片付けは先述の通りでな。キッチンのシンクは、常に食器と生ゴミであふれている」

「テリトリーを増やすなよ」

そっちはノーマークだった……、ハネムーンを終えて帰郷したら、渡米する前に、神原家のキッチンを掃除せねば。

折角感心したのに、台無しだぜ。

「神原のテリトリーを掃除しなければという暦の使命感こそ、見上げたものよ。前言撤回、暦がいれば、メイドを雇う必要はないかもね。料理は外食とテイクアウトで済ませられるし」

「阿良々木先輩にメイド服を着てもらうという手があるぞ、阿良々木先輩」

「どっちが着るんだとしても、もう大人のやる悪ふざけじゃないんだよ、神原くん」

BBQの、肉を切ったり串を刺したりはプロの神原に任せるとして、どうやら僕もこのキャンプ場において、仕事を失わずには済みそうだ……、立つ鳥跡を濁《にご》さずの精神で、神原の後について回って、食器も生ゴミも、綺麗に片付けさせてもらおう。

「ところで暦。忍さん……、忍は起こさなくていいの？　食材は人数分、用意してくれているみたいだけれど」

「ああ、大丈夫。あいつ基本的に、ミスタードーナツしか食べないし。それに、タイミング的にも丁度いいから、殺生石に向かう前に、僕の血を吸わせておくつもりだ」

「そう。ついでの仕事と言いながら、それなりにマジってわけね」

まあね。

なにせ相手は、忍よりも年上の怪異である——用心して用心し過ぎるということはないし、狐につまれないとも限らない。

012

都市伝説。街談巷説《がいだんこうせつ》。道聴塗説。

怪談にしてもホラー話にしても、要するに恐怖体験だが、この僕、阿良々木暦は、自分で言うのは口幅ったいけれど、それらについてはそれなりのキャリアを積んできたつもりだ。

古くは地獄のような春休み、四肢をもぎ取られた絶世の美女を、路地裏で発見したことを皮切りに、猫に上半身と下半身を分断されたり、猿にぶん殴られたり、蛇に巻きつかれたり、死体童女に懐かれたり——暗闇《くらやみ》に吞まれそうになったり。

枚挙にいとまがない。

しかし、それらの恐怖体験と比較しても、今の怖さはなかなか群を抜いていた——殺生石に迫る途中のことである。

信じられないくらい暗かった。

吞まれた暗闇よりも暗く、闇だった。

ひたぎに言った通り、キャンプ場から殺生石に向かう前に、忍に血を吸わせて、多少ながら吸血鬼性を高めておいたにもかかわらず——つまり、自身の肉体強度、なかんずく視力を高めておいたにもかかわらず、それでもほとんど見通せないくらいの闇だった。

割れた殺生石の魔力ゆえ、ではない。

単純に殺生石史跡に、電灯がないがゆえである――人間がどれほど発明王エジソンに依存しているかを知った。一寸先は闇という俚諺《りげん》が、これでもかとばかりに実現されている……、スマホの明かりをカンテラ代わりにして、なんとかおっかなびっくり、歩を進めているというのが現状だ。ぱっと確認してぱっとキャンプ場に折り返すはずだったのに、ここに来てペースが大幅に低下した。

靴底を浮かして歩くことができない。常にすり足だ。

大自然の星明かりがあるじゃないかと言われるかもしれないが、それがなかった――テントを出るときひたぎから、

「天体観測は明日の夜が本番なのだから、今日はなるべく、空を見上げないでいてね。私もそうするから」

と、なんてことのない感じで無茶なおねだりをされていたものの、それは新妻の取り越し苦労だった――昔のあいつなら僕に目隠しをした上でショートドライブに送り出しただろうが、ミニバンを借りて殺生石エリアまで移動し、駐車場に停めたクルマから降りると、にわかに一転(一天?)、空がどんよりと曇った。

八九寺大明神の霊験はどうなった?

「これは何が起こってもおかしくないのう、お前様。儂の目でも――幼女の未分化な目でもという意味じゃが――見通せん暗さじゃ」

と。

影から出てきて、隣を歩む忍が言う――手を繋いでいないと、お互いを見失いそうだった。

視界がほとんど奪われているという点では、殺生石と同じくこの公園にあると甲賀課長から教えてもらった盲蛇石を思わせるが、しかしその伝承通りに、

あるいはその分と言うわけじゃないのだろうが、刺激臭が強い。

腐卵臭と言うんだっけ？

腐った卵を嗅《か》いだことは、ほとんど料理をしない僕にはないけれど——ちなみに盲蛇石の伝承とは以下のような内容だそうだ。

ある日、男が目の見えない蛇が困っているのを見かねて、ススキで巣を作ってあげた。すると恩返しにその蛇は、この地にたくさんの湯の花が湧くようにしてくれたのだとか——僕が知っている話の蛇と違って、いい蛇だな。

人間を殺しに来ないってだけでもいい蛇なのに、なんと恩返しをしてくれるなんて。大好きで巣を作ってやりたいぜ。

ただし、ネットの知識をかじっただけでは、湯の花とは何かをまったく把握できていなかったが（本物の花だと思っていた）、来てみてそれが、硫黄の結晶みたいなものだとわかった。

忍野じゃないが、フィールドワークの重要性を思い知る——いや、もっと勤勉に、湯の花を検索ワードに設定して深掘りすればいいだけのことだったけれど、それでも、この鼻頭にがつんと来るかぐわしい香りは、現地に来てみなければ味わえないものだった。

嗅げないものだった。

温泉神社の間近で言うことじゃないけれど、僕は秘湯に出掛けるタイプの大学生じゃなかったので、慣れない匂いである——これでは視界をごっそり奪われていると同時に、嗅覚《きゅうかく》もばっちり奪われているようなものだ。

うーん。

今更言っても後の祭りもいいところだけれど、絶対に昼に来るべきだった——ついでだからという意識が先に立ったせいで、単身で動ける夜にねじ込んでしまったのは取り返しのつかない大失敗だった。

何が起こるかわからないと忍は言ったけれど、これではわざわざ、何かが起こりやすくしてしまったようなものだ。

史跡自体は二十四時間営業らしかったけれど、人っ子ひとりいないし、虫の気配すら感じない。

夜分の別行動にあたり神原から、

「何かの役に立てるかもしれないから、私も一緒に行こうか？　阿良々木先輩」

と、ありがたい申し出があったのだけれど、あれは逆に、辞退しておいてよかったかもしれない。全盛期を過ぎた今の僕は、誰かを守りながら戦えるような人材ではないのだ……、自分と、幼女の身を守るだけで精一杯である。

ちなみにひたぎさんは、本番に向けて絶対に空を見上げまいとテントにおこもりになり、見たこともないような最新の電子機器を駆使して、トレーダー業に精を出すつもりらしかった。

我が細君がこもった途端にこの天候とは……。

あいつこそ天照大神だったのか？

ともあれ、ハネムーンに仕事を持ってきてしまう、仕事人間ぶりはお互い様のようだった。まあ投資の世界は、一日だって、大袈裟に言えば一秒だって画面から目が離せないものなのだろう——とは言いつつ、付き合いが僕よりも長い後輩、いや、友人である神原との、遅ればせながらの独身さよならパーティーの真っ最中に違いない、今頃。

僕にはそんなパーティーを共にしてくれる友人は、日米通算で皆無だったけれど……、独身の意味が違っている。

友達を作れば人間強度が下がるからと、高校時代の僕はのたまっていたけれど、やっぱり週一でBBQに繰り出していた神原あたりを見ている限り、基本的に、友達を作れる奴というのは強いな。

社会人になればなるほどそう思う。

友達がいないことに価値があった時代に戻りたいが、羽川はそれを、あの春休みの時点でわかっていたということか……、その意味で、卒業後のあいつは強くなり過ぎた。

僕みたいな奴を懐柔してみせたことからも明白なように、あの委員長は友達を作ることには向いていても、しかし、組織を作ることには向いていなかったな。

いい意味でも悪い意味でも。

人間強度は上がったが。

人間味を失った。

「……ふう」

なんにしても、羽川のことを少しだけ思い出したことで、意識を整えられた。僕のルーティンと言ってもいい、動揺したときや、もっと言えば怖くなったときには、羽川のことを考える。

それですんっと冷静になれる。

落ち着け、ただ暗いだけだ。

霊気を感じるとか、妖力《ようりょく》に圧倒されるとか、そんなドラマチックな展開じゃない……、確かに人はいないが、今、僕が歩んでいるのは、岩場に——温泉地に？——設置された木製の橋である。

人工の橋桁《はしげた》だ。

つまり人っ子ひとりなくとも、人の手が入っているじゃないか——ここは普通に観光地だ。新幹線の駅からバスに乗って、一時間くらいで来られる山の上である——僕自身が風説の発信地になってどうする。

足下に気を付けるのは、転ばないようにというだけのことだろう。

ここに来るまでの道程で、九尾の狐や玉藻の前が萌えキャラ化されたポスターを何枚目撃した？　吸血鬼がそうであるように、化け狐の妖怪ももう十分に、人間の経済活動に取り込まれている——ビビるな、こんな暗さ、目を瞑《つぶ》って歩いているのと同じなのだから。

僕はむしろ、スマートフォンの明かりを消して、真の暗闇に身体《からだ》を浸してから、歩みを再開した。

「いや、格好いいみたいなことをしておるが、普通に危ないぞ、お前様。橋を踏み外しただけで普通に怪我をするぞ。無茶苦茶岩場じゃぞ、橋の下。ぺんぺん草一本生えておらんぞ」

「一応、風説課の警察官として調査に来ている以上、安全マージンばかり確保してもいられないからな。むしろ、この状態で無事に観光を終えられてこそ、風説を風に流せるってもんだろう」

「なるほどのう。まあ口は出さんわい。うぬの仕事に関してはの」

「なんだよ。仕事以外のことに対して、口を出す気満々みたいじゃないか。まさか、BBQに参加できなかったことを僻《ひが》んでいるのか？」

「僻むか。いや――」

　あながちそうでないとも言えんの、と、忍が歯切れの悪いことを言った――僕の首元を貫《つらぬ》く、鋭い八重歯を持つ元吸血鬼らしくもない。

　相棒が何を言わんとしているのかが今いちピンと来なかったので、僕は「そう言えば、あれ、助かったぜ」と、忘れないうちにお礼を言っておくことにした。

　お礼を言うのを忘れたために、関係性が二十年近く悪化したままの幼馴染がいるからな。

「なんのことじゃ」

「どうなることか、あんまり事前の打ち合わせとかしていなかったけれど、お前がひたぎに対して、なんと言うか、さらっと下手に出てくれていたから。あれはさすが、六百年生きた大人の風格だった。あんな風にひたぎを立ててくれるなんて、思いもしなかったぜ。とりあえず初お目見えにあたり、最悪の事態みたいな衝突は避けられたことを、心底喜んでいる」

　雑談と言うには個人的に深刻なテーマではあったけれど、怖い場所で怖い話をし続ける必要はない。むしろ、この団体旅行中に、忍とふたりで話せる数少ない行程である、この際、ちゃんと向き合っておこう。

殺生石まで240メートルみたいな看板が、さっきかろうじて見えたけれど、正直、体感的には二キロくらいありそうだしな。

あるいは月までくらいありそうだ。

「ふん。まあ事実じゃからの。あの大奥様がお前様の伴侶ということであれば、お前様の奴隷である儂にとっては、同等の支配力を持つご主人様みたいなものじゃ」

「犬の順位付けみたいなことをしているな……」

あまりイメージがよくないが……、それで言うと、僕の友人であり細君の後輩でもある神原の順位は、どの辺りになるのだろうか？

「あの猿娘とは一度揉めておるし、その際、言い負かされておるからの。ある意味では、お前様よりも上じゃ」

「僕より上なのか……、僕のイメージ通りの人間関係相関図ができそうだな」

ピラミッド構造の相関図だ。

トップにいるのは臥煙さんか？　いや、命名者の忍野か？

「専門家は大体下に見ておったがの、儂は。何百年もかけて儂を殺せんかった雑魚どもじゃ」

「いやいや、専門家と言っても千差万別と言うか、臥煙さんや忍野は、基本的には共存路線だったろう……、ドラマツルギー達みたいな吸血鬼ハンターは、お前に対して好戦的だったが」

実際に戦ったのは僕だけどな。

とても下には見られない強豪揃《ぞろ》いだった……、あの戦いあっての僕だとはわかっていても、もう一度戦いたいとは思えない。

ん？

「そうじゃのう。昔はともかく、今は儂が最下層であることだけは間違いがない。何の力もない幼女じゃ。心地よい」

「心地いいのか」

「切った張ったをしておったときよりはの——そも

そも、先般、デスと話すまではほとんど忘れかけておったが、儂は己の魅力を失うために、吸血鬼になったんじゃったしな」

それは聞いた、そう言えば。

ヨーロッパの古城で——あるいは鏡の世界で。

その美しき志を忘れるところまで含めての吸血鬼だったのだろう。吸血鬼になる前のほうがよっぽど化物だったみたいな過去編だったけれど、『うつくし姫』のエピソードは、壮絶だった。

ローラやアセロラ姫なんて名前は、今の忍からは想像もつかないなんて笑ってはいられない——国を滅ぼすほどの美しさは、笑いごとじゃなかった。

僕みたいないい加減で、美的センスに欠ける男ですら『彼女』と向き合うと、腹を切りたくなったものだ。

いつか羽川に仄《ほの》めかされたけれど、思えば忍が、キスショット・アセロラオリオン・ハートアンダーブレードだった万能時代、吸血鬼の固有スキルのひとつであるはずの『魅了』だけは使っていなかったのも、その出生の秘密を含めると、むべなるかなである。

「『魅了』を使えていたら、あんなに追い回されることもなかったろうに、うまくいかないもんだな」

「うまくいったんじゃよ。世界を滅ぼすことがなかっただけで。お前様と出会えるまで、こうして細長く生きてきただけでも、僥倖《ぎょうこう》じゃ」

長くはあっても、細くなったのはここ何年かの話だろうが——まあ、そう言ってくれるのが、嬉しくないと言えば嘘になるな。あの春休みにおける僕の行動が瑕疵《かし》のないベストなそれだったとは、とても思えないけれど——ん?

さっきから何かが引っかかるな。

闇の中で思考が鈍《にぶ》っているのか。

それとも鋭敏化されているのか——引っかかりの答に辿り着けないままに、僕は一応、相棒に苦言を呈することにした。

「ただ忍、自分のことを奴隷とか最下層とか言うのも、もう時代的によくないかもしれないな。そういう自虐がギャグとして通用する世の中でもなくなっている。お前がそんな風に自分を悪く言うことで、そんなつもりはなくっとも、同じ境遇で苦しんでいる人を侮辱することになりかねない。もし僕が『いえいえ、FBI捜査官になったことなんてぜんぜん大したことありませんよ、普通のことです』と言ったら、背中を任せる同僚の名誉を傷つけてしまうことになってしまうように」

「背中を任せるまでもなく、普通に正面から撃たれそうじゃが、そんな奴」

ちょっとたとえが悪かったな。

いいたとえで言うと、僕みたいな友達のいない奴が、あんまり友達がいない友達がいないと嘆いていると、あたかも友達がいないことが絶対悪みたいになってしまって、結果、友達がいない人間全員に対する攻撃になりかねない——みたいなことだ。

まったくいいたとえじゃないが。

むしろ最悪だったが。

しかしどうだろうな、友達がいない上に、それを愚痴《ぐち》ることも許されないとは……、これならまだしも、人間強度が下がるからととんがっていた頃のほうがよかったぜ。

「心配せんでも、儂みたいな奴なんぞ他におらんじゃろ。ロリコンの変態の奴隷にされた吸血鬼など」

「忍さん、ロリコンは駄目。絶対に駄目。それは時代とかじゃなくて、二十四歳の大人が言われてるのが駄目」

「高校生でもアウトじゃったと思う」

「神様でさえ小学五年生の姿では登場できなくなったんだぞ。お前だって、いつまで幼女でいられるかわからない」

「ふむ。じゃから養女にして合法化しようと？　凶悪な発想じゃのう」

違う、そんな意図ではなかったはずだ……、色んな奴と色んな話をしているうちにだいぶんこんがらがってきたけれど、元はと言えば、ひたぎと家庭を築くにあたり、忍の問題を棚上げにし続けることはできないという議題に端を発している。

「棚上げにしておいたほうがよいと思うがのう。かように、吊《つ》るし上《あ》げにするよりは。儂を阿良々木忍にする意味など、あってないようなものじゃし」

「なんでだよ。あってないようなものってことは、あるんだろ？　だったら重要じゃないか。ポジション的にも、お前を最下層の奴隷から引き上げておいたほうがいい気がするし。今の話を聞くと、自己肯定感が低過ぎるぜ」

感覚的にはどちらかと言うと、足の速い陸上部が、学校のマラソン大会などでは本気になれず、ほとんど歩いて最後尾を走っているようなものなのかもしれないけれど……。

一般レースに参加すると勘が鈍《にぶ》る、みたいな。

しかし、僕と忍との関係性だけだったらそれで成立しても、三人一組となると、そうも言っていられなくなる……、ひたぎが幼女の奴隷をほしがっているかと言えば、そんなことはないだろうしな。

「さりとて養女を欲しがってはおるまいよ。どうなんじゃろうな、あのツンデレ娘は——もとい、あの大奥様は。『お母さん』になりたいと思うタイプなんじゃろうか？」

幼女がするような質問ではないが、養女がするにしても、センシティブな問いかけだ——それはまだ聞いたことがない。

と言うより、話したことがない。

ひたぎと母親との因縁はすさまじく深く、彼女が母という存在に対し、どのような複雑な気持ちを抱いているのかを、僕が本当の意味で理解しているとは言いにくい。

なにせ。

それがどういうものであれ、母親への思いを断つために、『戦場ヶ原ひたぎ』は、自身の体重をほとんど失ったくらいである——自ら望んで。そんな怪異が、もといい、そんな経緯があったからこそ、僕とひたぎは出会えたのだから、それを一概に、未来の視点からどうこう言う原始的な真似は控《ひか》えるべきではあるけれど、極論、あのとき『戦場ヶ原ひたぎ』が、母親との思い出を取り戻したことが、いいことだったのかどうかは、妖怪よりも怪しい部分がある。

　忍野がそう言っていて、十八歳の僕は感覚的によくわからず、適当に話を合わせることさえできなかったけれど、ある程度あの頃の忍野の年齢に近づいてみると、つまり大人になってみると、あいつの言わんとしていたことが少しだけ理解できた。

　大人は所詮《しょせん》大人でしかないように。

　所詮親は、親でしかない。

『戦場ヶ原ひたぎ』は蟹に願ったけれど、その一方で、蟹に願わずとも、母親のことを自身から切り捨てるという選択肢も、彼女にはあった——それこそ、あってないようなものだが、存在はしていた。

妖怪のように。あるいは神様のように。

選ぶことはできた。

背負わなければいけないものだったと、忘れちゃいけないことだったと、『戦場ヶ原ひたぎ』は涙混じりに言っていたけれど、現代的な視点で見れば、まったく背負わなければいけないものではなかったし、忘れられるのならば忘れたほうが、少なくとも幸せなことだった。

　羽川みたいに何もかも忘れてしまうのが幸せかと言われれば、それもまた違うに決まっているのだけれど、しかし、だったら『戦場ヶ原ひたぎ』が正解だったわけじゃあない。

　大人は所詮大人でしかないように。

　所詮子供は、子供でしかないのだから——背負い過ぎだったし、刻み込み過ぎだった。

「現実問題、体重を失ったままの難病生活じゃ、生活に支障があっただろうし、大学に行くことも外資系金融企業に勤めることも、できなかっただろうから、ああして思い出すしかなかったんだろうけれど、なんだろうな、今のひたぎだったら、どういう判断をするんだろうな」

「大人の判断ができるかどうか、か？　もしもお前様にそれをされておったら、少なくとも儂は、ここでこうしてはおらんの」

「前にも言ったが、お前のときは、今でもああするしかなかったと思っているけれど……、四肢をもがれた美女を、放ってはおけない」

それはもしかすると、大人になった今のほうがそうかもしれない。元々の、どうしようもない僕の性格の上に、職業上の使命感も乗っかってしまっているのだから。

下僕である上に公僕である。

同様に、今の僕なら、もしも母親との関係性に苦しんでいる女子高生がいたら、まず保護しなければという思考が働くだろう……、高校生のときのように、踏み込めるかどうか。

土足とは言わないまでも、裸足で。

「昔の神原は、そんな戦場ヶ原ひたぎに拒絶されたわけだけれど……、医者を志す現在の神原なら、別の行動、別の展開もあるのかな？　あの頃のひたぎも、医者やナースのことは信頼していたみたいだし……」

「あの猿娘に発見されておったら、儂はどうなっていたじゃろう」

「四肢をもがれている以上、車中で言っていたトリアージって奴で、もう助かりっこないと判断するしかないクランケだからな……」

神原に限らない。

もしも僕以外の人間が、瀕死《ひんし》の吸血鬼を発見していたら？　誰もが僕と同じ、愚かとは言わないまでも愚直な選択をするとは思えない——少なくともあれは、一般的な大人の判断ではなかった。

「元はと言えば吸血鬼に会いたがっていたのは羽川だったんだがな。あいつがもしも、お前に血を与えていたら……」

「世界が滅んでおるのではないか？」

あっさり言うが、似たような結果を、僕達は異世界で目撃している……、全盛期のキスショット・アセロラオリオン・ハートアンダーブレードと、全盛期の羽川翼が主従を組んだりしたら、壊される世界は、ひとつやふたつでは済むまい。百や千でも済まないかもしれない……、すべてのパラレルワールドを壊滅させかねない脅威の『もしも』である。

この世界だって、いつまで無事でいられるものか。

「『戦場ヶ原ひたぎ』だったら？　あの春休みの頃なら、老倉の守護からも離れて、神原とも決裂したあとで、とんがりにとんがっていた頃だと思うけれど……」

それでも意外と、死にかけの美女を見捨てはしなかっただろうと思うのは、僕の細君に対する贔屓目《ひいきめ》だろうか？

「そうでもあるまい。今も変わらぬ、あの物怖《ものお》じのなさがあればの……、猫娘はともかくとして、あの大奥様となら、儂はいいコンビが組めていたかもしれん」

ただし。

それは大奥様が、完全なる吸血鬼になった場合のことじゃがのう——と、忍は足を止めた。

何かと思ったが、どうやら話しているうちに、殺生石の展示されている場所まで辿り着いたらしい——否、展示とは言えない。

石はただ、そこにあるだけだ。

遥か昔から——八百年前から。

この先240メートルの看板は、正しかったわけだ……、一寸先は闇の中を歩むのは勇気がいったが、ここがゴールのようである。

ただ、夜目が利くモードの僕だから、かろうじてその姿を見ることができるけれど、ライトアップもされていなければガイドさんが常駐しているわけでもないので、確信が持てない。

一応、殺生石と書かれた立て看板はあるけれど……。

「間違いないよ。異様な気配を発しておる――あの割れた石は」

「異様って――硫黄じゃなくて?」

殺生石の周囲で小動物が健康を害した、最悪の場合は命を落としたなんていう言説は、実際には妖気《ようき》やらではなく、発生する硫黄のせいだと、甲賀課長は言っていた。

実際、夜目で確認できる範囲内で言えば、周囲には荒地に石が転がるばかりで、忍が先程述べていたように、雑草さえも見受けられないくらいだ。

むろん、先程の盲蛇石の逸話のように、発生するその硫黄すら、怪異に由来を求めることもできるわけだが――石は、あくまで石のはずである。高校生の頃の僕の経験からしても――いや、あれは僕が、ただの石ころを怪異譚《かいいたん》の主役に仕立て上げかけてしまったという経験だったっけ?

「シチュエーションは、お前様のプロデュースした石ころどころではないからの。この通り、明かりひとつない山肌に置かれた、折り紙つきの殺生石じゃ――お前様が現在、文字通り取り憑《つ》かれたように頭を悩ましておる名称にしたって、これ以上はなかろう。殺生石」

確かに……、個人の好みになってしまうけれど、九尾の狐や玉藻の前より、ネームのインパクトが強い。殺すって字が入っている分、僕の前任者である生死郎より強い……、そう思ってみると、僕もオーラを感じるくらいだった。

あんな綺麗に割れているのに、人為的じゃないっていうのか? まるでなんだか、大太刀で叩き斬《き》ったかのようにさえ見えるのだけれど――くそう、暗くて遠近感がつかめず、サイズが測りきれない。

思ったより小さいようにも、思いのほか巨大なようにも見える――いかんな、完全に呑まれているじゃないか。

かと言って、臥煙さんがどんな理想的な未来予想図を思い描いてようと、この栃木県那須町は直江津署の管轄外だ。

　僕は内心ぶるぶる震えながら、夜の史跡の殺生石をおっかなびっくり訪ねたわけだけれど、地元住民からしてみれば、僕のほうこそよそから来た不審者である。

　さっきからあたかも、ヨーロッパの廃城にでも来たようなリアクションを見せてはいるけれど、ちょっと道を戻れば、普通に住宅街があるような場所なのだ――石どころか、僕が都市伝説になってしまうのは展開としてあまりにも最悪だ。

　なので、安全のために設置されている柵《さく》を乗り越えて、殺生石のそばまで近づくという掟破りの蛮行はできない。警察官として、令状もなしで立ち入り禁止区域に入るわけにはいかないのだ――まあ、目を凝《こ》らしてみると、その柵に張り紙がしてあって、『硫黄が発生しておりますので安全のために近づかないでください』的な文言が書いてあるのも、僕に二の足を踏ませたが。

「しかし、となると参ったな。僕としてはこの殺生石が割れたからと言って、九尾の狐が復活なんてしていなかったという土産話を職場に持って帰らなくちゃいけないのに、これじゃあ恐怖譚を持って帰ってしまいかねない」

　今のところ、この横道では、怖い思いしかしていない。このままキャンプ場にとんぼ返りしたら、絶対にあのふたりに「すっげー怖かったよー」という土産話をしてしまう。ただでさえ由緒正しき折り紙付きの風説に、公的機関がお墨付きを与えることになりかねない――この殺生石がＦＢＩに危険視されるなんて風説が流布されれば、目も当てられないじゃないか。

　空をなるべく見上げるなと細君から言われているけれど、ついつい、天を仰いでしまう――幸いと言っていいのか、那須高原の空には、先程確認したときよりも更に、分厚い雲が一面に広がっていた。

月も見えない。

正面を向いたときと、空を向いたときの視界の様子がほとんど変わらないぜ……、今はよかったが、明日の夜はどうなる？　那須高原と奥日光じゃ、天気は違うものなのだろうか……、山の天気は変わりやすいと言うし。

「お前様が主従関係の命令系統をもって、どうしてもと言うなら、儂がもっと粉々にして、殺生石を跡形もなくしてやってもよいのじゃが」

「だから別の風説を流布しちゃ駄目なんだって。金髪幼女が夜の史跡地で石割りの修行をしていたなんて、どんな伝説が生まれるか、知れたものじゃないぜ」

それくらい怖い怪談が実効性をもって成立すれば、今夜僕がした程度の恐怖体験は、吹っ飛んでしまうかもしれないけれど。

目には目、歯には歯。

怪談には怪談か。

「なるほど。より怖い思いをすることができれば、殺生石の風説を無効化できると、お前様は言うのじゃな」

「ああ。虫歯が痛いときに怪談を聞かされても、まず怖くないのと同じだな。まあ僕はお前のお陰で、虫歯とは随分縁がないけれど」

「あいわかった」

忍が鷹揚《おうよう》に頷いた。

「確かに儂も全盛期の頃、足の小指を骨折したときにその痛みに耐えかねて、膝《ひざ》から下を引きちぎったことがあるが、それと似たようなものじゃな」

「ん……、それはかなり違うな。痛みの分散のさせかたとして」

引きちぎろうがどうしようが、再生する吸血鬼ならではのやり口という気がする。いや、吸血鬼と言うか、蜥蜴《とかげ》の尻尾切りみたいな……、医学的には患部を外科的に摘出しているようでもあり……、現時点で相当怖い前振りである。

「安心せい。お前様の脚をここで引きちぎろうなどという話ではない」

「深夜、幼女に脚を引きちぎられたら、それも立派な怪談だよ。新しいてけてけだよ。なんだ？　ここで今から百物語でも始めようというのか？　怪異の王だったお前が聞かせてくれる怪談なんて、なるほど、恐怖の権化には違いなかろうが」

しかし、それでもこの実体験を越えられるかな？　僕から言い出したことではあるけれど……、『それを聞いてしまえば、九尾の狐には申し訳ないけれど、殺生石どころじゃないや』と、この僕に言わしめることができるような怪談をお持ちかね？

「うーむ。怪談と言うか、これはこの遠出中に、一度きちんと話しておかねばと思っておったので、ちょうどよい機会じゃ。怪談と言うよりはリアルな話なのじゃが、しかしお前様にとっては怪談よりも怖い話かもしれん」

「おお、いい枕《まくら》だな」

「夜も眠れんかもしれんぞ。現在、アロハ小僧の名前で縛られておる儂を、お前様の名前で縛り直すという案、あったじゃろう？」

「ああ。あのふたりで決めた奴な」

「ふたりで決めた覚えはない。ほぼお前様がひとりで決めた」

とんだ亭主関白じゃ、と言われた——まあ、話の進めかたがやや強引だったことは否定できない。

が、それがどうした？

それはもう終わった話だろう？

「終わった話かどうかはともかく、そう悪い話ではないのも事実じゃ。昔のお前様じゃったら、自身の名で儂を封じることなど到底不可能だったじゃろうが、今となっては、いっぱしの専門家みたいなものじゃからのう。ベテラン経験者のサポートがあれば、より強固な封印を、儂に施すことも可能じゃ」

「より強固な封印？　そんなものを施す気はないいん

だが――」

いつまでも忍野の名に頼ってはいられないという気持ちがまずあるし、むしろ僕としては、忍の自由度と言うか、自己肯定感を少しでも上げることができればと画策していたのだが――ベテラン経験者っていうのは、この場合、臥煙さんか甲賀課長になるのかね。

「忍野に支配されているより、僕に支配されているほうがまだマシかと思って」

「優しいようで、なかなかの危険思想じゃ。他人の奴隷制度は批判しながら、自分が従える分にはいいと思うとる」

そんな言いかたをされるとは思わなかったが、言われてみればかなり独善的な発想だった。眷属を作る吸血鬼に言われたくはないところだけれど、考えてみれば六百年以上に及ぶ半生で、忍は僕を含め、たったふたりしか従僕を生み出していない。

元より、奴隷制度には反対派の吸血鬼だったのかもしれない。

「そうじゃのう。儂の場合、吸血鬼になる前に、デスの従僕を見ておったからな。ああいう強烈な主従関係を見せつけられ、無意識下に植えつけられてしまえば、あまり乗り気にはなれんかったかもの」

生死郎や僕は、乗り気じゃなく生み出された奴隷だったのか……、と言うか、どちらも緊急避難的な吸血鬼だったことは間違いない。少なくとも忍の自由意志から生まれた奴隷化ではなかった。

「人道を大切にするのなら、名で縛ることで支配権を移行させるのではなく、奴隷を解放するのが筋なのかもしれないけれど……」

「正直、それは儂にとっても冗談ではないな。お前様の倫理観を責めるつもりはさらさらないし、そのお陰で儂も逃亡生活を終えられたのも事実じゃ。どうせころころ変遷してきたものじゃし、お前様の名前で縛られてみるというのも一興じゃろう。儂は気に入っておるが、忍野忍という名前は、あのアロハ小僧が適当に決めた節もあるしの」

適当ということはないと思うが、しかし、語呂合《ごろあ》わせで決められている感は否めない。

「じゃが、お前様。儂を『娘』にするというのはまずいと思うぞ。それはやり過ぎと言うか、暴走じゃろう」

「ん？　そうか？　ナイスアイディアだと確信していたけれど。いや、もちろんひとりで決めるつもりはないぞ。僕は極悪ではあっても独善じゃない」

「似たようなものじゃと思うが、そのふたつ」

「進めかたに問題があったことは認めよう。お前の意思は確認するし、ひたぎにも手続きに則《のっと》って、承諾を得る。サプライズにしたりはしないし、車中でさらっと済ませたりはしない」

従僕とか奴隷とかじゃなく、養女にするというのは、かなり時代に即していると思うのだが……、暴走じゃなくて併走のはずなのだ。

「それならば名前の変更にあたり、臥煙さんや甲賀課長の手を煩わすまでもないかもしれないしな。老倉に頼めば済む」

「保護された先にお前様みたいな奴がおったことが、親に殴られたことよりも悲劇じゃな、あの娘にとっては」

僕と老倉との友情を根本から否定するようなことを言ってから、忍は首を振り、「もうちょっとはっきり言わねば伝わらぬかのう？」と、踏み込んでくる。

「お前様の博愛主義自体は否定せんのよ、儂は。何度も言うが、こっちはそのお陰で助かっておるし、楽しい思いもしておる。怠けさせてももろうておる。快適な老後じゃ。お前様からはそう見えておらんじゃろうが、名前がどう変わろうと、儂はずっと儂じゃしの。じゃからこれは儂の問題ではなく、大奥様の問題じゃよ」

「ひたぎの？」

初顔合わせは、忍が慮《おもんぱか》って下手に出てくれたことで、滞りなく成功したと思っていたけれど……、そうでもなかったのか？　そう言えば昔、八九寺と知り合った頃、ひたぎは子供が嫌いだと言っていたのを、今、思い出した。

一人残らず死ねばいいとまで豪語していた……、いわば全盛期の戦場ヶ原ひたぎの台詞とは言え、かなり過激である。過去の発言を掘り起こして批難する気はないし、いつからかそんな苦手意識はすっかり克服したかと思っていたけれど、考えてみればその後あいつに、子供と接する機会があったわけでもないしな。

家を重んじるひたぎは、八九寺との接点さえないのだ。

「ふむ。そういう意味での緊張感はあったようじゃが、敵意は感じんかったぞ。儂を殺そうとはしておらんかった」

「うちのカミさんをなんだと思ってるんだ」

「割と昔はそんなキャラじゃったろう」

確かに。

後輩の神原や同級生の羽川に対してまで、わけ隔てなく非常に攻撃的なクラスメイトだった……、あの頃に比べれば、実に人なつっこい人間になったものである。

「その人なつっこさに甘えて、お前の扱いについてなし崩し的に進めてしまいそうになっていたきらいもあったけれど、今はちゃんと段取りを組もうと……」

「うん。その段取りのお陰で、なんとなくわかったんじゃが、お前様はやっぱり儂を養女にはせんほうがよいよ。もっと言えば、儂を阿良々木忍にもせんほうがよい」

「なんだよ。さっきと言っていることが違うじゃないか。お前は阿良々木派じゃなかったのか？」

「そんな派ではない。お前様にとっては実体験であり原体験であり、それゆえにすっかり当たり前になってしまっておって、今更改めて振り返ることでもないのかもしれんが、今日、話して探りを入れてみた限り、あの大奥様はそれをまだ知らんようじゃと思ったんじゃ——それを知らんまま家族になんぞなれんじゃろうし、知ったら余計、家族になんぞなれんじゃろう」

「………?」

探りを入れてみた限り?

はっきり言うと前置きをした割に、やけに持って回った言いかただ……、肝心なことを言おうとしていない感じがする。奥歯にものが挟まったような物言いだ。

「奥歯か。むしろ八重歯かもの」

「んん?」

「ところで、BBQはうまかったか?」

あれ? 話を変えられた?

それともシュール系の怪談か?

「おいしかったけど……、これまで、実はアメリカでもなかなか縁のなかった食事スタイルだったけれど、楽しいもんだな、ああいうのも。火を囲んでいるからか、テンションも上がるし。ああは言っていたが、神原の腕もあるんだろう。ちょうどいい焦《こ》げ具合で、肉だけじゃなく、野菜もいっぱい食べちゃったよ」

何かを食べていなければ人生の半分損しているみたいな表現は、あちこちで言われ過ぎていていささか食傷気味だけれど、それでも高校時代とか大学時代とかに、こういうことをしていてもよかったかもしれないなんて思いに囚《とら》われた。

なんだかその手の充実感を拒否して、意地になってやっていなかったところもあるよな……、BBQ云々《うんぬん》ではなく、その意地こそが、人生を損させてきた部分はありそうだ。

「なんだよ、やっぱりお前も食べたかったか? まあ、家族は一緒に食事をするところから始まるという説もあるけれど——」

「そこじゃよ、お前様。要点は」

と、忍は僕を遮った。

ちっちっち、と芝居がかった仕草《しぐさ》で指を振って――それとは対照的な、シリアスな顔で。

「お前様達が肉や野菜を食うように、儂は人を食うんじゃが、いいのか？」

そんな奴と。

同じテーブルにつけるのか？

「…………」

それを聞いてしまえば。

九尾の狐には申し訳ないけれど――殺生石どころじゃないや。

013

こんなことをうだうだ述べても、今更、言い訳にしかならないが、神に誓って、八九寺に誓って、忘れていたわけじゃない――なんなら羽川に誓ってもいい。

忍の言う通り、それは僕にとって恐怖体験すら超越する原体験である。どんな胎教よりも有効に僕に作用する春休みだ。たとえおもし蟹であっても、あの春休みの記憶だけは、僕から奪うことはできない――吸血鬼ハンターの面々と二度と戦いたくなくて当たり前だ、あんな経験をしたんだから。が、あれから六年が経過し。

覚悟も決意も、緩んでいたことは否定できない――忍のためにすべての人生を捧《ささ》げたはずなのに、それがいつの間にか、やっつけになっていたのだろうか？

緩んだのは忍の封印ではなく。

むしろ僕の誓いだった？

そうだ。当たり前のことだ。常識であって、ルールであって、前提であって、法の下の平等だ。自然界の掟《おきて》であって生態系であって食物連鎖であってピラミッドだ。

吸血鬼は人を食う。人を喰う。

血を吸い、肉に噛みつき、骨を砕《くだ》き、内臓を飲み込み、脳を咀嚼《そしゃく》する——魂を食らう。

存在を蹂躙《じゅうりん》する。

もちろん諸説あり、誰もがデストピア・ヴィルトゥオーゾ・スーサイドマスターのような美食家の大食漢というわけでなく、ヨーロッパの古城で学んだように、吸血鬼ごとの個性もあるが——基本的に吸血鬼にとって人間は食糧である。

僕達が肉や野菜を食べるように。

吸血鬼は人を食べる。

野生の獣のようなもので、それだけでも十分に脅威であり、畏怖《いふ》されても仕方がない存在だ——伊達《だて》に恐怖譚の主役を張っているわけではないし、その伝説自体が酔狂だ。

そこに怖《お》じ気《け》づいても仕方がない。

が、忍の場合はその問題を超えている——キスショット・アセロラオリオン・ハートアンダーブレードは、人を喰うのではない。

人を喰ったのだ。

僕の目の前で。

がつがつと。もぐもぐと。むしゃむしゃと。

喰ったのだ。美味しそうに。人間を。

だからこそ僕は、あの春休み、決定的に『彼女』と決裂し、従僕の身でありながら主人に反旗を翻《ひるがえ》し、直江津高校のグラウンドで、怪異の王と激しく殺し合った。

人間を食べた彼女が許せなかった。

許せなかったから。

「…………」

そうだ。

たとえばライオンや虎《とら》が、人を襲うことを知識として理解はしていても、実際に彼らが人間を食べるところを見てしまえば、もう動物園で観察する対象とは思えなくなるだろう……、一度でも野犬に襲われたら、もう彼らを、人類の友だとは思えなくなる。同じ山中でも、猪《いのしし》に突かれて死ぬのと、熊に食べられて死ぬのは、まるで違う。

人を襲った熊は駆除するしかないというのは、人の味を覚えてしまったからやむなくというのがあるにしても、そんな生理的な嫌悪感も根底にはあるんじゃないのか？

許せないし、それ以上に怖いんじゃないのか？

捕食者が。

食物連鎖の生態系ピラミッドが。

ゆえに処罰感情が、ことのほか強いのでは？

「…………」

それが高校生の頃の僕の感覚だとして……、その価値観が、六年たって、こうして大人になることで、幾許《いくばく》かアップデートされてしまったことも確かだった。

されてしまった。

十七歳のとき、あんなに許せないと思い、怒り心頭に発したことを、二十四歳になった今では、僕は正直なところ、かなり許してしまっている。

僕の目の前で人を食べた忍を。

どこかで許してしまっている。

あの怒りが、憎しみと言っていいほどの気持ちが、恨みがましい思いが、正直なところ、持続していない……、あの春休みから色んな経験をしたし、色んな人と出会った……、他にも色んな怪異を知った。

警察官になってからは、悲惨な事件や理解に苦しむ事件の担当もしたし、人間に絶望したくなるような、目を背けたくなるケースにも遭遇した……、だから目の前で人が喰われた記憶が薄れるということは絶対にあってはならないのだけれど、しかし当時の僕は、あまりに潔癖な高校生だったことも、認めなければフェアじゃない。

逆に言うと、今は汚れた。

昔より簡単に人を許せるようになった。自分もろくなものじゃないことを知ったから。怒り続けることに疲れた。怒りの無意味さを知ったから。悲しみ続けることに飽いた。悲しんでも悲しみはなくならないと理解したから。優しくなったという言いかたは可能だろうが、それは傷つき続ける自分に優しくなったという意味では？

「ふん。そんなわかりやすく落ち込むなよ、お前様。どう慰めたらいいか、見当もつかんわ。むしろ儂としては誉《ほ》めそやしたい。これはお前様がこの六年間、それだけうまくやってきたということでもあるのじゃからの——儂という化物を、見事に飼い慣らした。儂という荒くれ者を調教した。今や儂は、まったく人を喰いたいとは思わん。どちらかと言えばなすべんを喰いたい。ミスタードーナツなら言うことなしじゃ」

「…………」

「が、それで、喰ったという過去までなくなるわけではない。お前様の職業的に言うなら、前科は抹消されん。今も執行猶予の真っ最中じゃ。お前様の目の前で喰ったあやつだけではない、過去六百年にわたって——デスには及びもつかないとは言え、それなりの人数ではある」

そんな化物を。

娘として家庭に迎えられるのか？

「お前様はできるじゃろうよ。ずっとやってきたことじゃ。そうしてくれると信じておる。そこは揺るぎない——が、大奥様はどうじゃろうな？　ウミガメのスープやマシュマロテストの話題で無邪気に盛り上がれるあたり、儂が人を喰うことすら、もしかしてご存知ないのではないか？」

「——知らない、だろうな。話してない」

それを知っているのは、専門家連中を除けば、春休みの当事者である羽川だけじゃないだろうか。いや、僕からあえて話してはいないけれど、ひょっとすると、神原辺りは察しているかもしれない。あいつは専門家と繋がる筋があるから……、待ち合わせの門前で、あの後輩が言いにくそうに言いかけていたのは、ならばそれか。

お忘れかもしれないが——重ねて言うが、忘れていたわけではない。ただ、意識に蓋《ふた》がされていた。自然に、考えないようになっていた。なーなーになっていた。

怪異に関して秘密を持たない。

ひたぎとは交際を始めるとき、そう約束したが、それでも、話せることと話せないことがあった——我ながら、都合のいい線引きだ。言えなかったのは、結局、人を喰った忍を保護していることが、後ろめたかったからじゃないのか？

「とは言え、お前様の伴侶じゃからのう。壮絶な体験を何度となくしておるし、肝はそれなりに据わっておろう。弱体化し、無力化された儂を受け入れる程度の度量はあるかもしれん。お前様に言われれば、じゃが」

「…………」

「じゃが、それとて、お前様と大奥様の間だけの都合に過ぎまい。今はまだそういうことは考えられんじゃろうが、いつかお前様と大奥様も、子を儲けるかもしれんぞ。そのとき、その子供にどう説明する？『お姉ちゃん』が人喰いであることを」

犯罪者家族の受難、みたいな話か……？　警察官としては、考えずにはいられない議題だ。ただでさえ難しい選択なのに、選択の余地がないケースもある——子は親を選べないし、きょうだいだって選べない。

いや、もっと言えば、親である以上、親になる以上、危惧《きぐ》せざるを得ない可能性がある。即《すなわ》ち、我が子が吸血鬼の餌食《えじき》になりかねないという可能性……、僕だって他人事《ひとごと》だったら、そう忠告するだろう。

忍が僕を信頼しているように、僕も忍を信頼しているから、そんな悲劇は起こり得ないと、馬鹿みたいに信じているだけで……、家族の中に怪物を迎えるというのはそういうことだ。

僕はその罪を背負っている。

サプライズなど仕掛けず、さらっと言ったりせず、きちんと申し出れば、ひたぎならその罪を按分《あんぶん》してくれるかもしれない――が、ありきたりな表現を使わせてもらえるならば。

生まれてくる子供に罪はない。

「な？　無理なんじゃって、儂を養女にするなんて。儂と家族になるなんて――飼い慣らそうと去勢しようと、家畜化しようと奴隷化しようと、獣は獣じゃ。ペット扱いすら本来危険なのに、お為《ため》ごかし抜きで、お前様はよくやっておるよ。儂が言うのもなんじゃがな」

「……忍」

「そう、忍じゃ。儂は忍野忍じゃ――巻き込んでやるな。大奥様を。そして未来のお子を」

かかっ。

と、幼女は笑った。

養女ならぬ幼女は、妖女《ようじょ》のように。

「儂はお前様の影に潜んで、それを見守っておるよ。家庭に入る気はないし、家族の一員になるつもりもない。儂は奴隷で十分なのじゃ。お前様の成長を影からひっそりと見守るのも、それはそれで楽しい余生じゃ――お前様と大奥様のお子の成長も、あるいはの」

己の迂闊さに、もっと言うなら浅ましさに、僕は黙り込むことしかできなかったけれど、しかし納得して黙ったわけでもない。ゆえに、なんとか言葉を絞り出そうとしたけれど、しかし、そんな呻《うめ》き声みたいなものも、封じられてしまった――封印のように、天から。

「え？」

殴られたのかと思うくらい、大きな雨粒が、首筋に――吸血鬼の噛み跡のある首筋に――直撃したのだった。

「雨粒――雨？」

そこから先はあっという間だった。

隙間《すきま》なく曇っていた那須高原の夜空から、さながら弾幕のような豪雨が降り注いできた——詩人ならば、心と同じように空も泣いていると表現するところかもしれないけれど、傘も持ってきていない、準備の悪い僕は、ともかく這々の体で、殺生石から離れるしかなかった。

こんなところで大雨に降られるなんて、なんて災難だ——いや、頭の片隅《かたすみ》で、僕は姑息《こそく》にも、これを都合のいい雨とさえ思ったかもしれない。この聞くに堪えない恐ろしい『怪談』を、これ以上続けなくて済む、格好の口実ができたようなものなのだから——それどころか、旅行そのものを台無しにしかねない雨なのに。

「さっきそこに、屋根のある無料休憩所があったぞ。とりあえずそこで急場を凌《しの》ぐがよいわ、お前様」

一瞬でずぶ濡《ぬ》れになった忍が、それだけ言って、自分はさっさと、僕の影の中へと避難する——休憩所？

そんなのあったっけ？

僕には見えなかっただけか。

夜じゃなくとも、こんな豪雨じゃなくても、何も見えていない僕には。

014

狐の嫁入り。

天気雨とも言い、晴れているように見えるのに空から雨が降ってくることをそう言うらしい。今夜の場合、那須高原の空は曇っていたのだから、この定義には当てはまらないだろうけれど、しかし昼間の好天を思うと、この『話が違う』感覚は、狐の嫁入りみたいなものだった。

天にも昇るような楽しいハネムーンから一転、地表に突き落とされたみたいなものだからというのも、この雨をそう思わせているのかもしれない——天気予報はぜんぜん当たっていないし、八九寺の祈りすら、この山までは届かなかったか。

山の天気は変わりやすい。移ろいやすい人の気持ちのように——いや、つくづく浅薄だったとしか言えない。

浅くて薄かった。

薄くて弱かった。

自分で自分が信じられない。首をくくりたくなるほどの大ポカだ。

狐の嫁入りなんて言ったけれど、なんだか九尾の狐から、頭を冷やせと、冷や水を浴びせられたような気分である——忍のお陰で殺生石の風説どころではなくなってしまったのはつくづく確かだが、しかしこれでは、ハネムーンどころでもなくなってしまった。

唯一の救いがあるとすれば、その点に考えの及んでいない僕が、天気ならぬ能天気にひたぎに、サプライズを仕掛けたり、車中でさらっと、養子縁組について申し出たりしなかったことだろう——やらかしだけはせずに済んで、その点、老倉と神原には、感謝のしようもない。

まあ老倉に関しては、基本的にはあいつは僕の立案を全部否定するし、現状、忍の存在自体を知らないので、この結果をわかっていてサプライズを阻止したわけではあるまいが……、それでも、あいつには常に感謝の姿勢だ。

応援してほしくて誰かに相談を持ちかけるということはよくあるだろうが、僕は自分を否定してほしいときに、老倉に相談を持ちかけるのである……、いや、そんなことはないが。

でも、もしもまかり間違って、たとえどういう形であれ、養子縁組を持ちかけていたら、ひたぎにとんでもない選択を強いることになっていた……、選択と決断に対しては高校時代からすさまじくスピーディーな彼女であり、また、大袈裟《おおげさ》でなく一刻一秒を争うトレーディングの世界に生きている現在、その速度は更に増しているかもしれない。

スピード離婚もありえた。

むろん、快諾もありえただろうが……、母親像に対するあいつのコンプレックス、控えめに言ってもトラウマを、忍を養子とすることで解消したいなどと、決して僕は思っていたわけではない。

ノリとしては正直なところ、みんなで一緒に暮らせば楽しいはずみたいな、子供っぽい発想だった……、吸血鬼の存在を受け入れることと、吸血鬼と家族になることは、まったく違うというのに。

それに気付けなかった。

夫婦同姓のシステムに基づき、戦場ヶ原姓をひとつこの世から消してしまうことへの罪悪感に基づく懊悩《おうのう》で、現代的な意識の高い新郎を演じていたし、警察官の倫理規程とか、国を代表して海外で活動する道義心とか、妹とじゃれたり殴り合いしたりはもうできないとか、小学五年生は登場禁止だから成人バージョンで現れる友達とか、価値観が今日風にアップデートされた男みたいな自負があったけれど、肝心要《かなめ》のところが、いまだ平成を生きる阿良々木暦だった。

人喰いを許してる。

即ち人殺しを許してる。

極悪非道の悪役が、次のシーズンでは特に説明もなく共に戦う仲間になるような、旧態依然とした価値観である。

「…………」

だが、だからと言って、忍に、文字通り日陰《ひかげ》の生活を送らせ続けることが正しいとも思えない。どうしても思えない。

罪は罪だ、絶世の美女がおこなおうが可愛らしい幼女がおこなおうが、絶対に許されるべきではなく、一生罰を受け続けなければならないし、幸せになることも、まして仲間になることもあってはならず、家族も同罪であり、一族郎党裁かれるべきだ——というのも、かなり価値観として古臭くないか？

ああ、確かに僕は忍を庇《かば》っている。

庇っているともさ。

無力化された吸血鬼を庇護《ひご》していると言えば聞こえはいいけれど、これを刑法的に言うならば、犯人隠避であり、また証拠隠滅でもあり、もしも忍が、まかり間違って世界を滅ぼすようなことがあれば――パラレルワールドでの出来事だ――従犯と言っていい。

主犯にもなりかねない。

ペットが人を噛んだら、飼い主の責任になるように。

どころか、やろうと思えば僕は、忍に強制的な命令を出すことだってできる立場にあるのだから、どこで人間界のルールを踏み外してしまうかわからない――思い通りにならない不満があったとき、世の中が嫌になったとき、ズルをしたくなったとき、横車を押さない保証がどこにある？

高校時代、それをやって……、不死身体質を便利遣いしまくった報《むく》いで、臥煙さんにバラバラに切り刻まれたんじゃなかったっけ？

その臥煙さんは、そういった数々の経験を積んだからこそ、忍はもう世界を滅ぼすことはないし、いくら僕とて同じしくじりをしないはずだと太鼓判を押してくれたけれど――あれこそが、大人の判断と言うべきなのだろう。

なんでも知っているおねーさん。

その後輩である忍野も、忍を縛るにあたって、おそらくそういう意識があったのだ――罪を犯した者を、裁くでもなく、許すでもなく、セカンドチャンスを与えるというやりかた。

アロハの放浪中年だったり、ファッションの若い総領だったり、大人になりきれないモラトリアムな専門家集団だと思っていたけれど、こうしてみると意外と、あの人達は立派だった。

ちなみに羽川翼は、春休みの時点で、僕に対してそう明言こそしなかったが、『人間だって肉や野菜を食べるんだから、吸血鬼に食べられても当たり前』みたいな考えかたを持っていたようだ……、そこまで到達すると悟りの域なのだが。

罪に対してセカンドチャンス。

いや、罪と言うのが一方的な見方であるならば、被害に対してのセカンドチャンスと言うべきであろう。

そして忍は、与えられたそのセカンドチャンスを、見事にまっとうしているように思う。六百年の半生を思えば、たかが六年程度の懲役かもしれないけれど、贔屓目どころか控《ひか》え目《め》に言っても、かなりの模範囚だ。にもかかわらず、ここでまた、『人を喰った』という廉《かど》で忍を影に追いやるというのなら、それは法的には、一事不再理に触れないか?

セカンドチャンスならぬ、ダブルジョパディだ——参ったな、すっかり法執行機関の考えかたに染まってしまって。

あんなに不自由を感じていたはずの高校生の頃は、思えば自由だった……、許せないことを許せないと言えたし、実際に許さなかった。間違っていることを間違っていると言えたし、違うことは違うと言えた——せいぜい、知らないことを、知らないと言えなかったくらいだ。

全能感をもって理不尽を裁いていた。

何の権限もないのに。

今の僕は、もうどんな凶悪犯に対しても、そのバックボーンや背景、置かれている環境や風習を、考えずにはいられない……、単に歳《とし》を取ったからというだけではなく、そういう職業トレーニングを積んだ。

同情の余地がない凶悪犯罪者にも、一考の余地があることを理解している……、警察官になった理由のひとつは、それも大きなひとつは、憎い詐欺師をこの手で捕まえたいからだったけれど、もうあの男を、憎しみや恨みに任せて逮捕したいなんて、思わなくなっている。

正義のためは正義のためでも、それは社会正義のためだ。

詐欺師の逮捕は僕の目標ではあっても、ほぼほぼ悲願ではなくなった――あの男にも理由や事情や動機が、そして状況があった。残念ながら、見方を変えれば、戦場ヶ原家を崩壊させた詐欺師は、一家を救った救世主でもあることは、ひたぎ自身も、わかっていないわけじゃない。

羽川のように、捕食を摂理のように考えるのはまだまだ無理だけれど、基本的に、本人の努力でどうしようもない点を責めるというのは、歪んだ倫理観だよな――肉を食べるなんて野蛮だとか、野菜を食べるのだって可哀想《かわいそう》だとか。

職場でなにげなく飲むコーヒーがフェアトレードだとは限らないし、普段遣いしているスマートフォンの中に組み込まれているレアメタルの発掘で、食い物にされている児童労働者がいないとも限らない……、僕だって無罪じゃないし、誰だって無罪じゃない。

なるほど。

こういう気持ちは神原のほうがよっぽど理解しているんだろうな――恋に溺《おぼ》れ、猿に願った彼女のほうが。

医師になるというのも、亡くなった友人のためという高尚な想《おも》いの他に、償いの気持ちもあるのかもしれない。彼女が願った猿の手でボコボコにされた僕が、それを許しているかどうかは、どうでもいいのだろう。

それに比べて僕は、結局あれこれ、大人の知見みたいなのを述べているようでいて、こんなのは、あの手この手で、ほうぼう手を尽くして、忍を庇おうとしているだけである。

色んな例を挙げて、数々の見方をつぶさに紹介して、どうにか相対化しようとしたところで、それでもやっぱり人を喰うというのは、一線を越えている気がする。

詐欺や暴力、児童労働、殺人と比べてさえも……、僕は春休みに吸血鬼化したけれど、『人を食べたい』という欲求にまでは至っていない。その葛藤は直前で回避した。

血を吸いたい、すらなかった。

まったく理解できない欲求に対する生理的嫌悪は、拭いがたい本能でもあるのだろう……、それこそ、食欲と同じくらいに。

今はもう人を喰いたいとは思っていないと忍は言ったが、その境地に至るまでに、ならば、いったいどれほどの苦しみがあった?

つまり僕は忍にどれだけの我慢を強いているのか、わかっているつもりでいながらてんでわかっておらず、それなのに大したデメリットも背負わずに、保護者を——否、言うならば保護観察官を気取っていたわけだ。

節穴みたいな観察眼で。

これで幼女を養女にしようとしていたなんて、もはや笑える。どころか、阿良々木姓で縛り直すことすら、無謀だったと言うしかない。あんなのをナイスアイディアだと思っていたなんて。

ああ、そうか。

と、遅まきながら気付く。

名を失ったキスショット・アセロラオリオン・ハートアンダーブレードを、どうして専門家・忍野メメが自分の名前で縛ったのか、それがようやく腑《ふ》に落ちた。

吸血鬼を生きながらえさせた犯人であるところのこの僕に、しっかり責任を取らせるというのであれば、あの春休みの時点から僕の名前で縛ることだって、あいつの手腕ならばできたはずだ。

最終的には僕の影を棺《ひつぎ》とせざるを得ない以上、そのほうがよほどしっくりくるのに——けれど、そこは考えかたが逆だった。

他人だから。

第三者だからこそ、怪異の王を縛れるのだ。

僕の名前なんかで縛ったら、そりゃあ封印そのものは強固になるのかもしれないけれど、その錠前の鍵《かぎ》を持っているのが身内では、何の封印にもならない。

身内のアリバイ証言がアテにならないようなものだ——あるいは、神原よろしく医師の流儀で言うならば、家族の手術を担当できないようなものだろうか。

むろん警察官も、親族の事件は捜査できない。眷属となれば尚更だ。

プロフェッショナルであると同時に、家族でも、親でも子でもない第三者だったからこそ、今頃どこをさまよっているのかさっぱりわからない忍野は、それでも忍を縛り続けられる。

名前を変えた意味は大きい。

途轍もなく大きい。

キスショット・アセロラオリオン・ハートアンダーブレードではなく、忍野忍だからこそ、僕は許してしまっている——許さないと口では言っても、その振る舞いは、許しているのとまったく同じだ。

姿形が変わろうと、名前が変わらなければ、そう都合のよい解釈では、接せられなかっただろう……、そう思うと、何もかも忍野の手のひらの上である。

十八年、否、六年の歳月を経ても。

いまだ僕は、忍野メメの思惑を超えられない——きっと僕がハネムーン先の那須高原の殺生石史跡、無料休憩所で、頭を抱えていることさえ、あの春休みの終結から、あのアロハは見透かしていたに違いなかろう。

雨は一向に降り止む気配がなかった。

015

「おお、やっとお戻りか、阿良々木先輩！　むろん阿良々木先輩ほどのおかたを、恐れ多くも私ごときが心配など微塵《みじん》もしてはいなかったが、まさか朝帰りになるとは思わなかった！　どこまでも予想を超えてくるな、私の憧れは！」

キャンプ場の駐車場で、レインコート姿の何者かが待ち受けていたので、すわレイニー・デヴィルかと身構えたけれど、当たらずと言えども遠からず、それは雨合羽を着た神原駿河だった。

殺生石そばの休憩所で雨宿りを続けたものの、バケツを引っ繰り返したような大雨は朝を迎えてもまったく止む気配はなく、やむを得ず僕は、ずぶ濡れになりながらダッシュで殺生石史跡を後にし、申し訳ないとは思いつつも、ずぶ濡れのままひたぎのミニバンに乗り込む羽目になった。

空はずっしりと曇ったままだったが、夜明けを迎えてみるとさすがに周囲も暗闇に包まれたままではなかった——休憩所のすぐそばに、大量のお地蔵様がおられて、無茶苦茶びっくりした。

割れた殺生石の存在より、ある意味びっくりしたが、野宿をした僕をすぐそばで見守ってくれていたのかもしれない……、雨の中、来た橋を駆け足で戻りながら、設置されていた立て看板を見てみると、どうもこの殺生石史跡は、賽《さい》の河原《かわら》とも言われているそうだ。

八九寺が一時落ちていたあれか。

言われてみれば一面の石は河原のようでもあるし、ならばお地蔵様は、そのあたりに由緒があるのかもしれない——五百羅漢を想起させる、笠地蔵《かさじぞう》どころじゃない数だったけれど、まあ、笠がほしいのは僕だった。

ミニバンに装備されていたドライ機能を動かしてみたが、残念ながらキャンプ場に戻ってくるまでに、僕という濡《ぬ》れ鼠《ねずみ》が乾き切ることはなかった。

「さすが準備がいいな、神原。天気予報は晴れだったのに、レインコートを持ってきていたとは」

「財布を忘れてもレインコートを忘れるなは、キャンプでは当たり前の心得だ。忍ちゃんは？」

空っぽのチャイルドシートを見ながら問われたので、僕は端的に「影の中だ」と答えて、

「ひたぎは？」

と、すぐに問い返す。

「阿良々木先輩なら、遅くまで海外マーケットの値動きを追っていた——と見せて、たぶんお二人の帰りを待っていたのだと思うが、明日夜のことがあるので、私が促《うなが》して、お休みになっていただいた」

「そっか。悪いな、気を遣わせて。お前も寝ていてくれてよかったのに……、朝食はどうする？　この雨じゃ、テントの外でってわけにはいかなそうだけど」

「栄養学的には褒められないが、朝から焼きたてのピッツァというのは如何だろう？」

「おお、いいね」

ピッツァというのも、ＢＢＱと同じくらい、僕の生活からは縁遠い食事だ。出前でも取ったことがない。アルコールもそうだけれど、ああいうのはなんて言うか、家族や友達がいる人間のイベントって気がしてしまう。

だからこその憧れもある。

思い悩んでも、腹は減るしな。

「ん？　でもこのグランピング施設に、石窯《いしがま》なんてあったっけ？　パンフレットに、そういう体験施設は載ってなかったはずだぞ……」

いくつかある施設を吟味した結果、石窯よりも野外アクティビティみたいなのの充実度を優先した記憶がある……、野外アクティビティは、この雨だと見たまんまお流れなので、僕達の選択は完全に間違っていたことになるが。

「ああ。昨晩雨が降り始めてから、これは明日まで続くなと判断した私は、阿良々木先輩を寝かしつけたあと」

「赤ちゃんみたいに言ってるな、僕の細君を」

「その辺の材料を使って石窯を組み立てた」

「野外アクティビティをしている！　ひとりで！」

キャンパーじゃなくてサバイバリストじゃん、お前。

さすが僕の妹の憧れ。

サバイバル技術はどこでも必須《ひっす》なんだな。

じゃあ、僕の帰りを待ってテントから出ていたわけじゃなくて、もしかしてそのためのレインコートだったのか？

え？　石窯って、作れるの？

「さすがにひとりでは無理だったので、その辺のテントから仲間を募って、知恵と道具を出し合って、屋根の下に石窯を設置することができた。提案者の私が最初に使う栄誉を賜ったので、阿良々木先輩、お疲れでなければこのあと、一緒にピッツァ造りと洒落込《しゃれこ》まないか？」

「僕が一生かけてもできないようなことを、僕のちょっとした留守中に完全に達成してるじゃん」

特にできないのは『仲間を募って、知恵と道具を出し合』うという部分だ……、僕はなんでもひとりでしようとするし、なんでもひとりで決めてしまうきらいがある。

嫌われるきらいだ。

考えなきゃいけないことも、反省すべきことも多々あるが、せめてピッツァ造りくらいは、後輩と協力プレイをさせてもらうとするか。

「それにしても、石窯とは……、どこまでも絡んでくるな。僕の人生には、石が」

「一緒に作ったご家族に教えてもらったが、栃木県というのは石の産地でもあるらしいな。旅程に余裕があるなら、大谷《おおや》資料館というところに寄ればいいとお勧めいただいたぞ」

「へえ？　何かすごいのか？」

「神殿みたいな地下空間があるそうだ。その実は採石場で――」

更なる栃木県の神秘を聞きながら、僕は神原が持ってきてくれた折り畳み傘で雨を凌ぎつつ、駐車場から移動する。

キャンパー達の共用スペースみたいな屋根の下に、確かに昨日はなかったはずの、手作り感、突貫工事感あふれる石窯が設置されていた。

人類の英知、すごいな。

あるいは食への執念か——

「問題はピッツァの材料だが、そこは本部から、あり合わせの食材をいただいてきた。パン作り体験みたいなオプションがあったので、うまく転用できるはずだ」

「へー。ピッツァってパン粉で作れるんだ」

「阿良々木先輩、そのレベルで厨房《ちゅうぼう》に入ったことがないのか？」

後輩を呆《あき》れさせながら、僕は休む暇もなく、風説課職員からピッツァ職人にジョブチェンジした——疲れていないと言ったら嘘になるけれど、しかしそれは主に精神的な疲れである。

殺生石に万が一のことがあった際に備えて、忍にあらかじめ血を吸ってもらっていたので、体力に関して言えば、ほぼ消耗していないに等しい——一夜を休憩所で明かしても、身体が痛くなったりはしないどころか、眠くさえない。

こういう特異体質を利用して大学受験や国家公務員試験に通った僕である……、どうしたって不公平感は免《まぬが》れない。

「その謙虚さにはいつもながら恐れ入るばかりだが、首肯しかねる。阿良々木先輩はその分、リスクも背負っているわけだし、そこはとんとんなのではないか？」

「背負ってるかなあ、リスク。どうも、ズルして生きてるって気がするぜ」

「確かに、八歳の金髪幼女と四六時中一緒に暮らせるというのは、なんだかズルいな。羨ましい」

「そこは本来、リスクのはずだったんだが……」

しかしそこが現状、もっとも大きなバフになっている……、いることを、もう僕は否定できなくなっている……、あまりにいいとこ取りが過ぎる。

「補正って言うのもあるのかね、ひょっとしたら」

「つけているか。補正下着のことか？」

「補正？　補正下着を」

それまた吸血鬼体質で、僕のスタイルは常に引き締まっている。

「主人公補正？」

「だったらよかったんだが。そうじゃなくて、もっと普通の……、不幸な状態や危険な状況が続くと、せめてメンタルの安定を図るために、自分は望んでこういう状態に甘んじているんだとか、こういう状況こそが幸せで好きなんだと、思い込もうとする補正。多幸感って言うのかな……、お前で言えば、部屋が片付けられなくてぐちゃぐちゃになっているにもかかわらず、このほうがいっそ落ち着くと思うような心理だよ」

「わかりやすいたとえではあるが、そう言われると不本意だな。阿良々木先輩も不本意ではないのか？　忍ちゃんのことを、私の散らかった部屋みたいに考えるのは」

あんな部屋の住人とは思えないほどてきぱきとした手際でピッツァ生地《きじ》製作を続けながら、神原は問うてくる。

「察するに、殺生石の現場で、忍ちゃんと一悶着あったのか？」

勘がいいな。

落ち込んでいるところをこれ見よがしにして、慰めてもらおうとしたわけじゃないのだが……、もっとも、前振りはハネムーン出発前に、嫌と言うほど丁寧にしていたようなものである。

伏線を張ってしまった。

「忍との絆は、むしろ深まったよ。改めてお互いのありかたについて話し合ったからな。だけど……、ちょっと障害が生じた。あいつを僕達の養女にすることに関して。お前が言わんとすることがわかったよ」

「出過ぎた真似だったと猛省していた。日光に行くのであれば結構とだけ言い、見ざる・言わざる・聞かざるを貫くべきだった」

「いやいや、いい後輩を持ったよ。僕は。ひたぎも。言いにくいことを、うまく仄めかしてくれた……、そのお陰で、車中で危うい提案をせずに済んだんだから」

神原が果たしてどこまで慮って、どんな意図を持って僕という暴走トロッコを停めたのかは定かではないけれど、やはり英断と言うしかない。

命拾いした。マジで。

「さて、わからないぞ。提案していたら、あっさり阿良々木先輩は、承諾していたかも。なんだかんだ言って、阿良々木先輩は可愛いものを愛《め》でることに関して、秀でている先輩だったからな、中学生の頃は」

「ひたぎが猫をかぶって軍団を率いていた頃の話だろう、それは」

「演技をしているからこそ、照れることも怯《おび》えることもなく、己の本質を安心して露出できるということもあるんじゃないのか？　レイニー・デヴィルだった頃の私こそが、けたたましく本音を叫んでいたように」

神原は脱いで畳んだレインコートを一瞥《いちべつ》して、そう言った——ぐしゃっと小さくしたのを畳んだと言っていいかどうかはさておき、なるほど、それはあるかもしれない。

こんなのは本当の自分じゃないと思うからこそ、逆説的に、遺憾なく本心を口にできるという理屈は、もしかすると舞台人や俳優にも、通じる心理である。悪役を演じる際に、普段は出せないような気持ちを乗っけることもできるとか——口にするのも憚られる愛の台詞を囁《ささや》くことも、恥ずかしい正義の台詞も、演技であるなら、堂々と言えるのだ。

フィクションゆえに。

真実を秘める。

「ひたぎの場合は、演じた期間が長過ぎて、何が本音なのか自分でもよくわからなくなっていたのはあるかもな。中学時代だけでなく、高校時代だって大半は、演じていたようなものだろう。……あの深窓の令嬢時代も、本音と言えば本音か」

「あの、お尖り遊ばされていた頃も、今思えば素敵だったがな」

「お尖り遊ばされていた頃って」

「人間性も関係性も、いつまでも同じままではいられない。だから、忍ちゃんとの関係性に変化を求めた阿良々木先輩が、間違っていたとは思わないし、私ごときに止められたとも思ってほしくはない。熟慮していただければ、それでよかったのだ」

熟慮ね。

僕にもっとも欠けている概念だな。

ピッツァ生地は事実上、神原がひとりで製作した——いや、酵母菌の生死について、ひたすら思いを巡らせ、ちぢこまってしまった手を出せなかったわけではなく、普通に邪魔さえできなかった。

バスケットボールを指先でくるくる回すパフォーマンスのように、神原は生地を円形に広げて、それからテーブルを広く使い、肉や野菜を手際よく配置していく。

先入観もあるからか、その手際はテーブルに向かうピッツァ職人のそれと言うよりは、手術台に向かう医者のようでもあったけれど。

さしずめ僕はナースか。

器具出しさえろくにできていないけれど——せめて神原が散らかしたキッチンを、綺麗に片付けるとするか。

「お前のお陰で朝食はなんとか格好がつきそうだが、雨はこの通り一向に止みそうもないし、本日の予定は大幅に変更を余儀なくされると言わざるを得ないな」

「雨天決行でいいのではないか？　日光東照宮は、雨だからと言って門を閉ざしたりはするまい」

「二荒山神社も行けるとは思うが——いろは坂がちょっと危険な気がするよな。この豪雨の中、四十八のヘアピンカーブを曲がるっていうのは。登りはともかく、下りが怖いぜ」

「山道とは言え、舗装道路だぞ。何も崖っぷちを走行するわけではない。いちいち雨で閑散とされては、観光地もあがったりだろう、雨だけに。速度を出さなければ、比較的安全だと思うが——まあ、私は免許を持っていないから、なんとも言えないな」

「え？　神原さん、自動車免許、持ってないの？」

医師免許を持とうとしているのに……？　ドライブ旅行をする以上、あらかじめ確認すべき事項だったが、いや、時代と言えばこれも時代か。

自転車にも乗れないって設定があったわ、そう言えば。クルマより速く走れるスーパースター、流れ星の神原駿河だもんな。

「誰が流れ星の神原駿河だ。そんなニックネームを頂いた覚えはない。しかし流れ星と言えば、阿良々木先輩、いろは坂を登らねば、戦場ヶ原には行けまい」

「それなんだよな。しかし、危惧していた通りの悪天候じゃ、本来の目的であり、旅の主軸でもあった天体観測の、決行のしようがない」

日光を見ずして結構と言うなかれと言われても、それ以前に、この大雨で決行とは言いにくい。やはり八九寺に雨を止ませる能力はなかったか……、そもそも、蝸牛にありそうなのは、雨を降らす能力のほうだよな。

「それとも、それも狐の能力か。狐の嫁入り……、なんで天気雨のことを狐の嫁入りって言うんだろう？」

「晴れているのに雨が降るなんて、まるで狐に化かされたみたいだからという説が」

「博識だね。さすが未来のお医者さん」

「こんなの、医師試験には出ないぞ」

「なるほど、確かに馬鹿にされているかのような大雨だ……」

実際、かなりのお間抜けだったわけだが、しかしこれでハネムーンの主軸を失ってしまうのも馬鹿馬鹿しい。

グランピングも、豪勢なテントに泊まれなかった僕は、本来の魅力の半分も楽しめなかったという気がするし……、このまま帰るのは、栃木県に申し訳ない。

「忍が見たがっていた祢々切丸のある二荒山神社中宮祠も、いろは坂の先だったな、確か。中禅寺湖でスワンボートに乗る案は……、どう考えても無理だとして」

「だったら、阿良々木先輩。いっそがらっと予定を変更して、那須どうぶつ王国に向かうという手もあるぞ？」

「動物を見たい気分じゃないぜ、今は」

と言うのは、殺生石付近で一夜を過ごした僕だったが、朝になってどしゃ降りの中で目視した立て看板のひとつに——賽の河原情報があったのとは違う立て看板だ——『熊が出没します』というものがあったからだ。

早く言って、それは？

今くらいの吸血鬼化では、熊には勝てないですよ……、妹からも、熊とは戦うなと忠告されているのだ。万が一僕が熊に襲われていたら、その熊も駆除されかねなかったことを思うと、実に危うい綱渡りだった。

ただ、ある意味で、風説課職員である僕の仕事を簡単にしてくれる立て看板ではあった。

熊の恐怖は殺生石の恐怖を軽く凌駕するから——あの看板がある限り、割れた殺生石にまつわる風説が、硫黄以上に広がることはないだろう。

恐怖はより強い恐怖に塗り潰される。

あれこそフィールドワークの成果と言うか、足を使って現地に来ないとわからない情報だった。

そんなわけで、甲賀課長からの極秘任務については、ヘアピンカーブ並みの曲がりなりにも達成できたというわけだ――僕を海外に送り出してくれたあの人に、いい報告ができることは、素直に嬉しい。

せめて一個くらい、アチーブメントを獲得しなきゃな……、本来、ついでのはずだったアチーブメントではあるけれど、まあ、実績とはそういうものだろう。

「デリケートだな、阿良々木先輩は。那須どうぶつ王国にいるのはアルパカだぞ。高度の高い場所らしいアニマルだ。南米っぽい」

「それアルパカだっけ？　リャマじゃなかったたっけ？」

「地上絵を見に行くという手もあるな」

「ここは那須であってナスカではないはずだが……、さっき言っていた大谷資料館って場所に行ってみるのもいいんだろうが、この石窯も含め、石はもう十分に見たという気もしている。ひたぎが起きたら、相談して決めるか」

「おお。相談できるようになったではないか、阿良々木先輩」

心から褒めているのか、単なる皮肉なのか、そんなことを言いながら、丹念にこしらえたピッツァを、手製の石窯の中に、これまた手製っぽい、でかい箆《へら》みたいなのに載せて、入れる神原――冗談抜きで、その澱みない手際はひたぎの前では見せないほうがいいな。

マジでメイドにされかねない。

あるいはお抱《かか》えのピッツァ職人か。

「考えうる限りもっとも愉快な未来予想図だったけれどな。忍が養女になって、お前がベビーシッターになるというのは」

「うん。私もそう思う。愉快愉快だ」

「医療従事者の激務を予想すると、むしろハウスキーパーを雇ったほうがいいのはお前のほうかもしれない。料理はともかく、掃除はな。僕もいつまでも、お前の部屋を片付けてはいられないし」

「私はいつまでも、阿良々木先輩に整理整頓《せいとん》をしていただきたいぞ。なんなら手指消毒後の手術衣の着付けをお願いしたいくらいだ」

「お前のような奴からもらえるのであればその言葉は嬉しいが、僕の人生を後輩の部屋の掃除に捧げるつもりはない」

オペ看になるつもりもな。なれっこないし。なれっこないことには慣れっこだ。

既に吸血鬼に捧げた人生である。

それを失念しかけていたのは痛恨の極みだが……、しかしながら、人生の節目にあたって、今一度はっきりと認識できたことはよかったと、前向きに捉えよう。

「結婚は人生の墓場だなんて言うけれど、そんな言葉ははかばかしくない。むしろ僕は今朝、新たに生まれた気分だぜ」

ゆえに新しい名前が必要なのは。

むしろ僕なのかもしれなかった。

016

あり合わせの材料で作った石窯で焼いた、あり合わせの材料で作ったピッツァは、これまで食べたどんなピッツァよりも美味しかった——いや、これまでピッツァを食べた経験があるかどうかすら怪しい僕だが（『ピザ』なら食べたことがある。冷凍の）、やはり食事とは、料理する段階から始まっているのかもしれない。

自分で作ったものは大体おいしい。

とは言え、できあがってから、寝ぼけまなこで起きてきたひたぎもブラビッシモと言っていたので、実際に味もよいのだろう——寝ぼけまなこの、寝癖《ねぐせ》のついたひたぎというのも珍しい。

褒めかたも寝言みたいなイントネーションだった

しな。

　これから普段の生活の中で、こういうひたぎも目にすることになるのだとも思いたいが――

「いえ、予定通りでいいんじゃない？　言ったでしょう？　雨中の戦場ヶ原を訪ねたというのもいい思い出よ。思い通りにならないことなんて、これからもいっぱいあるでしょうし」

「そう言ってくれるのは、プランナーとしては助かるけれど――でも、天体観測が最優先の目標だったのに？」

「宇宙じゃなくても雨中じゃない」

　平時に聞いたらただの駄洒落《だじゃれ》だが、こんなハネムーン中に細君から聞くと、ものすごくうまいことを言われたみたいな気分になるキャッチフレーズだった。

「最悪、戦場ヶ原の星空なんて、ウェブサイトで見られるでしょうしね」

「最悪過ぎるだろう」

「帰りにプラネタリウムに寄りましょう」

「だったら再訪しようよ。金婚式のときとかに。……いろは坂の運転は大丈夫？　正直、僕はあんまり自信がない」

「あらあら。アメリカ式の右側通行に慣れちゃったから？」

「そんな道路マウントを取りにいってないよ。山だけにって。いろは坂は一方通行だから、右も左もないだろう……」

「ならば平気の平左じゃない。閉鎖されていなければ」

　それは普通に駄洒落だな。

　Hey, sir とは言えないよ。

「普通に雨の中のワインディングロードが不安なんだ。神原は無免だというし」

「お二人のためなら無免許運転も辞さないぞ！」

「路上のブラック・ジャックみたいなことはやめてくれ。僕達のためにも。そんなわけで、ひたぎ、もしも雨天決行するのであれば、いろは坂の安全運転は お前に委《ゆだ》ねるしかないんだが」

「任せなさい。ミニバンでもドリフトは決められるというところを見せてあげるわ」

あの世にドリフトしてしまいそうだ。

見せられるのは地獄である——賽の河原なら、昨晩見てきたというのに。

「本筋は天体観測というより、戦場ヶ原の訪問そのものでしょう？　土砂崩れでも起きているというならまだしも、そこまでの危険性がないのならば、雨の湿原も乙《おつ》でしょう」

雨の湿原が乙かどうかはともかく、言われてみればその通りだ。天体観測さえ、目的としては元々後付けだった——ぼくのせいで名字を喪失したひたぎを、戦場ヶ原に連れて行くというのが、唯一と言ってもいいハネムーンの目的である。

よし。

ここは石橋を叩いて渡るとしよう。


「また石か——石よりは星を見たいんだけどな」

「でも、阿良々木先輩。星も石みたいなものだろう？　隕石《いんせき》とも言うし」

「そうね、神原。雨じゃなくて隕石が降ってくればよかったのにね。あたかも流星雨のように」

後輩に甘過ぎますよ、ひたぎさん。

高校時代に冷たくした分を、せっせと取り戻そうとしているのかもしれないが——お互い、罪滅ぼししなきゃいけないことが多いな——さておき、ならばこのあとの予定は、概《おおむ》ね変更なしで決行しよう。

昼までまったりしてからキャンプ場を出立し、道中のどこかでランチになすべんを食し、日光東照宮へと向かう——雨の中日光へ行くというのも、思えば気が利いている。

それに、神原とピッツァが焼き上がるのを待っている内に、実はひとつ閃きがあった——東照宮には是非行っておきたい。

その後、二荒山神社で縁を結び。

実際にいろは坂を登るかどうかは、今後の天候を慎重に窺いながらということになるだろうけれど、さすがにスワンボートはすっぱり諦めて、中禅寺湖は眺《なが》めるにとどめ、二荒山神社中宮祠で祢々切丸を鑑賞したのちに、満を持して戦場ヶ原に向かう。

これでどうだ。

「華厳の滝や竜頭の滝も諦めるの？　雨で水量が増えて、大迫力になっていること請け合いなのに」

「なんで危険に近付こうとするんだ、自ら……、そっちは問答無用で中止だよ」

「暦のボートハウスも、ナイアガラの滝に建てればよかったのに」

「よかったわけないだろ」

向こう見ずな高校生の頃なら乗ったアイディアかもしれないが、今は家族の安全を最優先に、僕はその提案を却下した。

まあ、ある種、気楽になった。

天気はどうなるんだろうとか、雲がかかったらどうしようとか、晴れていたら朝からしていたであろうそんなやきもきとした心配を、荒天のお陰で、いっそまったくせずに済んだのだから、せいせいすらする。

そんなことを言いながら、山の天気は変わりやすいというフレーズに、期待してしまう自分もいるのだが……、存外、夜になったら戦場ヶ原の空は、見渡す限り晴れ渡っているのでは？

「ところで暦。新婚の奥さんを一晩ほっぽって出掛けたお仕事の首尾はどうだったのかしら？」

「滞りなく」

仕事に関しては。

わだかまりは生まれたかもしれないが。

「お前の深夜取引は？」

「億というお金を動かしたわ。人のお金だけど」

「それは何より」

「安心して。今日の夜は、携帯は電源ごとオフにしておくから。雨が降ろうと槍《やり》が降ろうと、星が降ろうとね」

017

地獄のような春休み、僕は死に物狂いで頑張ったから生き残れたのだと思っていた。しかし僕達が朝ご飯に作ったピッツァの材料は、頑張らなかったから食べられたわけではない。

018

忍が所望したなすべんとは、正式には那須幕の内弁当の略称であり、更に正式には、詳細な定義がある。肉、野菜、果物、米、牛乳に至るまで那須産の食材を使用することはもちろんのこと、プレートも那須の木材を使用したものでなければならない。九尾の狐にあやかった九つの皿で九つの料理を店内で提供し、その価格も、千五百円以下と定められている――もう少しあるけれど、残念ながら僕は夫婦同姓にもの申しつつも、『美味しんぼ』の登場人物ではないので、この辺りで割愛させていただく。

ピッツァを食べたあと、一休みした新婚一行は――さすがに僕も、仮眠を取らせてもらった――もしかするとハンドルを握るタイミングもあるかもしれないので――キャンプ場をあとにした僕達は、予約してあったレストランへと向かった。

殺生石で雨に降られてから、ずっと影に潜んでいた忍も、このときばかりはのろのろ起きてきた――寝ぼけまなこを通り越して、真夜中に叩《たた》き起《お》こされたみたいな虚《うつ》ろな表情であり、この比喩《ひゆ》は、昨夜、僕の血を吸ったことで吸血鬼性の高まっている現状の忍にはぴったりはまる。

ナインテール・フォックスとのバトル展開にはならなかった以上、結果的にはまるっきり無駄な吸血だったわけだが、それでも寝過ごすことなく起きてきたのは立派である。

立派と言うか。

見上げた食欲と言うか。

ミスタードーナツも食べるしなすべんも食べるし、なんなら起きていたらBBQだってピッツァだって食べただろうし、こうして見る限り、『忍野忍』は、ただの健啖《けんたん》幼女である。キスショット・アセロラオリオン・ハートアンダーブレードがそうではなかっただけで——

船を漕《こ》ぐという表現がぴったり来るほどふらふら金髪を揺らしながら、本能だけでなすべんを食べる忍の様子を、ひたぎはどこか、慈しむように見ていた。

中学時代の彼女がどれほど本心で軍団を率いていたかはともかく、そんな目線からすると、彼女の子供嫌い——と言うより、子供に対する苦手意識——は克服されているようだけれど、しかしまあ、これもどうなんだろうな。

微笑ましい光景は微笑ましいのか？

明らかに、いたいけな風貌《ふうぼう》で、吸血鬼の凶悪さを誤魔化されてしまっている気がする……、『可愛いから』という理由で保護される絶滅危惧種みたいじゃないか。

犬や猫、あるいは兎なら守られるのに、蜂《はち》が絶滅しそうですよという警句が、いまいち刺さらないようなもどかしさがある……、蜂蜜《はちみつ》がもう食べられなくなりますよだったら刺さるのかな？

しかし、そんな愛でるような目も、幼女がかつて主食としていた生き物を知れば、恐怖の、いや嫌悪のまなざしに変わってしまうのだろうか。

それを偏見だとか、先入観だとか、器だとか、そういう話に持っていくのは非常に適切ではない——

実際、パラレルワールドにおいて、ちゃんと確認されたわけではないけれど、たぶんひたぎは（おそらく神原も）、封印から解放され、暴走した忍に殺されている——喰われたかもしれない。

そういう『世界』と、この世界もどこかで繋がっている以上、忍に対して人間が抱く根源的な警戒心は、たぶん正しい。

今から思うと、ハネムーンに出立する前に、日光東照宮を参拝するにあたり北白蛇神社に筋を通しに行った際、八九寺が成人モードで現れたのは、なんとも暗示的だった。

異世界で出会った、神になることなく、成長した八九寺——世界を滅ぼした吸血鬼と、戦い続けていた戦士。

小学生と手を繋げるのはサッカー選手だけになった世の中だからではなく、愚かな僕にそれを思い出させるために、あいつもあの姿で顕現したのかも——いや、無理だって、そんなご神託を読み解くのは。

遠い遠い。

本来なら——本来の間違いならという意味だが——、この食事の席が絶好の機会だったかもしれない、僕の当初のプランを実行するのであれば。そうならなくてよかったが、しかし、そうであってくれれば、どれほどよかったことか。

ともあれ、なすべんはぺろりと、美味しくいただいた。皆で火を囲んだＢＢＱや、石窯から手作りだったピッツァもよかったが、やはり店で食べる料理はひと味もふた味も違うなというのが僕の率直な感想だ。

身も蓋も、皿もないが。

こんな感想を持つようだから、パンはパン粉で作るものだなんて、とんちきな思い違いをしてしまうわけだ……。

「栄養学的にも大いに参考になりそうだぞ。アスリートへのメニューに検討してみよう」

と、そんな風に、食事も学びの場としてとらえていた神原とは、雲泥の差である——ともあれ、これがこのハネムーンで、僕達四人が一緒に食事を取った、最後の機会になった。

……あ、いや、誰かが死ぬみたいな振りになっちゃったけれど、そういう展開ではないので、ご安心あれ。好みのわかれるところだろうけれど、連ドラの2や3で、1の登場人物が死ぬとか、そういうのが年々キツくなってくるのだ。

幸せになってほしいね、みんな。

ひとり残らず。

というわけで、僕達はレストランのそばにあった商店で、大きめのビニール傘を人数分、購入した——折り畳み傘ではとても対応できない雨だと判断したのだ、これから日光東照宮を参拝するにあたって。

人数分と言っても、

「儂の分はええわい。もうちょっと寝る。満腹になったらもっと眠くなった」

と、歳相応の子供、あるいは老人みたいなことを述べて、忍が再び僕の影に沈んだので、三人分だ——もしかすると単に、チャイルドシートに座るのが嫌だっただけかもしれないが。

レインコートがあるからいいと神原も言ったけれど、たまには先輩らしく、傘くらい奢《おご》らせてほしい。と言うか、お前のレインコート姿も、僕的にはまあまあのトラウマなんだよ。

記憶がなかなか美化されない。

ひとつだけ……。

本来のロードマップにはなかった予定を、東照宮までのルートの中にねじ込んだ。キャンセルした二大滝の代替案というわけではないけれど、那須高原から日光に向かうには、どのみち宇都宮付近まで戻らねばならなかったので、市街地まで足を伸ばし、現地で甲賀課長お勧めの、宇都宮ハムカツを購入した。

雨が降ろうと槍が降ろうと戦場ヶ原でガラス張りの車中泊をすると決意したのだから、夕食はテイクアウトの形で確保しておかねばならない……、どこか道中で買えばいいと思っていたけれど、大雨で旅の自由度が若干下がってしまったフォローを、上司からのアドバイスに頼ることにした。

頼れる上司に頼り尽くせ。

務めは果たしたのだ。

であれば、ここまできてスルーはできなかったので、新婚旅行の夕食にうってつけかどうかはさておき、セットで噂の宇都宮餃子も入手しておくことにした。

車内に電子レンジは積載していないので、あつあつ出来たてというわけにはいかないけれど、楽しみがひとつできたことは喜ばしい。

できれば満天の星の下で食べたいものだが、欲は出さない。

食欲以外は。

019

さすが世界遺産。

平日だろうと雨天だろうと、そんなことはなんの妨げにもならないと言わんばかりに、日光東照宮の周辺は、観光客でごった返していた。むしろみんなが傘を差しているわけで、混雑度合いは晴れている日よりもアップしているかもしれない。

子連れの家族も多くて、今の僕には目の毒だ……、駐車場にミニバンを停めて下車しても、忍は出てこなかった。

まあ、十字架はないだろうけれど、東照宮だって聖域だしな……、怪異としては、登場しにくい局面なのかもしれない。

ただ眠いだけかもしれないが。

「私は見ざる・言わざる・聞かざるを見てみたいな。猿に願った者として。聞けば、あの有名な三猿だけではなく、猿の一生が展示されているらしいぞ、阿良々木先輩。そして阿良々木先輩」

「猿の一生？」

「お母さん猿から生まれた赤ちゃん猿が、反抗期を経ながらもすくすく成長して、最終的に母猿になる……、みたいな、いわばスター・ウォーズのような世界観が」

「観たことないな、さては」

そこでも母と子か。

お地蔵様達のインパクトが強かったので、ここまで言及せずにいたけれど、殺生石史跡の休憩所のそばには、教傳《きょうでん》地獄という石像もあった。

地蔵ではなく地獄である。

否、立ち並んだお地蔵様達より大きな地蔵像ではあったのだけれど、表記は地獄だった。

僕みたいな無教養な者に教傳さんも伝道されたくないだろうが、雨の中、走り抜けながら読ませてもらった立て看板によると、お母さんが用意してくれた料理を蹴飛《けと》ばした教傳さんが、その報いとして、両足を炭化させるほど激しい熱湯の沸く火炎地獄に堕《お》ちたそうだ。

罰が重過ぎないか？

ちなみに教傳さんも、湯治のためにあの辺りを訪れたそうだけれど、到着と同時に、『晴れわたっていた空がにわかに掻《か》き曇《くも》り、雷鳴が天地を揺るがし』たという……、いえ、罰が重過ぎると庇いはしたけれど、そして僕もかなりの反抗期を迎えたけれど、さすがに用意してもらったご飯を蹴飛ばしたことはありません。

元々甘やかされていたから、反抗期も甘めだったのだ――もしもあの立て看板を先に読んでいたら、あの休憩所で一夜は明かしていない。なんだかんだで親子関係というのは、昔から根深いテーマだということだろう。

母親ならぬ父親も。

「蟹の彫刻はないのかしら？」

「栃木県も山梨県同様、海はないからな……、なすべんにも、蟹肉はなかっただろう。だから、鮮度が落ちづらいサメ料理が盛んだった時期があるという記事を新聞で読んだことがある」

「ふうん。猿があったら、蟹もありそうなものだけれどね。戦場ヶ原でおこなわれたのは、猿蟹合戦でもよかったくらいだわ」

そんな話をしながら雨の中、互いを見失わないように行列に並んでいると、東照宮の本殿でも、見ざる・言わざる・聞かざるでもない、左甚五郎作・眠り猫の彫刻へと辿り着いた。

……なぜ？

徳川家康にまつわる本殿に参拝するはずだったのに、いつの間にか違う行列に並んでしまったのか？ いや、最終的にはすべて拝見するつもりなのだから、取り立てて順路にこだわることはないのかもしれないけれど……、なんだか、これでは導かれたみたいだ。

「あら。思ったより可愛らしい猫ちゃんなのね」

「と言うより、等身大サイズなのではないか？ 今にも動き出しそうな、名人によって生命を与えられた猫という看板に一片の偽りもない。看板だけに」

老倉とお喋りした通り、門に掲げられたその看板（？）の裏側には、雀《すずめ》が描かれていた――虎に翼ならぬ、猫に翼。

ここを通り過ぎて更に進めば、縁結びの神様で有名な、あるいは高天原で有名な、同じ世界遺産に含まれる、二荒山神社に続く階段があるようだ――しかし。

「悪い。ひたぎ、神原。ちょっと先に行っておいてもらえないか？ この猫をじっくり見ておきたいんだ」

「？ それも仕事？ 風説課の」

「そうじゃないんだけれど――」

さすがにそこまで仕事をちょくちょく、ハネムーンには持ち込めない。将来が思いやられ過ぎるだろう、そんな夫。

「――でも、大切なことだ」

「そう。では上で待っているわ。行きましょう、神原。ヴァルハラではなく高天原に」

「うむ。ご一緒する。この光栄に浴するために私は生まれてきたのだ」

皆まで聞かずに、門をくぐっていくふたり――僕の扱いに長《た》けているとも言えるけれど、これもなんとかしなきゃいけない自分の悪癖だと自覚しておこう。

直前に言うのではなく、事前に相談すべきだ。

予定外の順番で、眠り猫のところに到着してしまったとは言え――ただ、これはいざ口に出そうとすると、あまりに馬鹿馬鹿しいアイディアだったたからな。

断じてサプライズのつもりはなく、ただの含羞《がんしゅう》だった――観光地で行列の邪魔になってはならないので、脇《わき》にのいて、それから改めて、眠り猫に向き合う。

そうしているとまるで和風彫刻に一家言ある、文化を愛する前途有望な若者みたいだけれど、必ずしもそういうわけでもない――これは忍野が重視した、一種の儀式のようなものである。

眠り猫がそうしているように、僕はそっと目を閉じる。

瞼《まぶた》一枚の、虚実皮膜。

そして耳を澄ます。語りかける。

僕の中の、内なる羽川翼に。

020

「日光東照宮の眠り猫は確かに江戸時代の名匠・左

甚五郎の作と言われているんだけれど、これは史実というより伝承であって、確たる証拠があるわけじゃないんだよ、阿良々木くん。どころか、甚五郎さん自体、存在していたかどうかわからないの。鳴かぬなら殺してしまえほととぎすとか、真田《さなだ》十勇士とかと同じかな。いないことがわかっていても、いなかったことにはもうできない——周囲も含めて、それで歴史が成立してしまっているから。みんなの心の中に生きているし、みんなの心の中で死んでいる。こうなると、まるで彫られた猫じゃなくて、名匠のほうが怪異みたいだよね。眠り猫はこうして確実に存在しているのに、その作り手である甚五郎さんはそうじゃないいなんて。人間はいても神様はいないのかな？」

「そうなんだ。お前何でも知ってるな」

「何でもは知らないわよ。知ってることだけ」

「内なる羽川のはずなのに、僕が知らないことを知っているじゃないか」

「受験勉強で習ったんじゃない？　それとも、ガイドブックに載っていた世界遺産に関する記述が、無意識のうちに目に入っていたか。それを忘れてしまっていただけで」

「なるほど。そうやって形成されていくわけだ。僕の記憶の宮殿こと、内なる羽川は。僕が見落としたものを、拾い続けてくれているんだ。そのように僕は、国家公務員試験やＦＢＩアカデミーの抜き打ち検査を突破してきたわけだし」

「学習法として、かなり気持ちの悪い真似をしているよね。受験生にはお勧めできない」

「辛辣《しんらつ》だな、僕の中の羽川は。実物はもっと優しいのに」

「その優しい実物というほうが、実際には怪異みたいなものだったんじゃない？　真面目な眼鏡で三つ編みの委員長なんて、十八年前だとしても、あまりにもテンプレートでしょう。そういう型にはめちゃってる」

「言われてみれば、僕も高校時代は、『何の取り柄もない、友達のいない落ちこぼれ』って役割を演じていたような気がするよ」

「はたから見れば本当に怖い不良だったけれどね。これは掛け値なく。阿良々木くんがみんなを恐れていたように、みんなは阿良々木くんを恐れていた。いつか事件を起こすんじゃないかって」

「そんな恐れられかたをしていたのかよ？　ショックを隠し切れないよ」

「秘密を握られた戦場ヶ原さんが過剰とも言える自己防衛に走ったのは、そういう切実な事情もあったのかも——おっと。今は戦場ヶ原さんじゃないんだっけ？」

「…………」

「結婚式、出席できなくてごめんね。私はひたぎちゃんと言っておきましょう。名前なんてどうでもいいと思っている派だけれど、個は尊重したいタイプだから」

「個性じゃなくて、個？」

「そう。私が欲しいのは、名前よりも家族だったけれど、その夢は叶ったんだか、叶ってないんだか——それは実物のほうに委ねるしかないことかしら。阿良々木くんの内なる私じゃなくって」

「実物は行方不明だし、姓氏どころか生死問わずだし、氏名どころか国際指名手配だよ」

「わお。やってるね、私」

「ぶっちゃけ、僕がＦＢＩアカデミーに入れたのは、実在する——実在したお前と、十代の頃に浅からぬ縁があったからという側面もあるんだろうよ。コネクションが生きている」

「それは違うんじゃない？　実力だよ、阿良々木くんの。名よりも実を取ったんだよ。なんでもかんでも私に由来を求めるのはよくない——こんな風に話すのも、これを最後にしたほうがいい」

「気持ち悪いから？」

「気持ちよくはないでしょう、ひたぎちゃんが」

「たとえお前が自分の名前ごと、すべてをなかったことにしようとしても、僕に与えた影響までなくすことはできないんだよ。あの春休み——もしも羽川がいなかったら」

「私がいなかったら、そもそも忍ちゃんと会ってないんじゃない？　ああ、厳密に言うと、その頃はキスショット・アセロラオリオン・ハートアンダーブレードさんか……、略してキスちゃん」

「略すな」

「可愛いニックネームをつけるっていうのも、対象への警戒心や恐怖を払拭《ふっしょく》するための手段だよ。九尾の狐をキャラクター化したりするのと、似たようなやりかただね。逆に、殺生石みたいに、おっかない名前をつけることで格を上げるってアプローチもある」

「薔薇《ばら》は薔薇という名前じゃなくても美しく咲くって言わないか？」

「でも、咲くのは薔薇としてじゃなくなるでしょう。薔薇科の植物を、すべて薔薇とは呼ばないように。名前はどうでもいいけれど、誰に、どう呼ばれるかっていうのは、結構大事だよ」

「だからお前は名前を捨てたのか？　誰にどう呼ばれるかが大事だから」

「そちら方面に広げると、とっても素敵な話ができそうだけれど、新婚のひたぎちゃんを縁結びの神社で待たせるのもなんだから、トロッコ問題のようにレバーを切り替えて、話を戻そう。私が轢かれてあげるから。春休みに私がいなければ、阿良々木くんはきっとキスちゃんとは会わなかった——吸血鬼に血を捧げることもなければ、吸血鬼になることもなかった。だから、私に救われることもなかった」

「あいつが人を喰うこともなかった」

「そうだね。少なくとも、阿良々木くんの目の前ではね」

「…………」

「まあ、定期的にその件について思い悩むのはいいことだと思うよ。さながらエクササイズのように。私も含め、みんなで不幸を分け合うバッドエンドを迎えたのに、いつの間にか幸せになっちゃってましたじゃ、あの戦いはなんだったんだってことになるもんね。でも、革命家として言わせてもらえるならば、『あの戦いはなんだったんだ』にするために、私達はその未来を生きているわけだけれど」

「僕は革命家としてのお前じゃなくて、学級委員長のお前と話しているつもりだよ。いつでも」

「生きてるねえ、いつまでも。高校時代を」

「二十四歳だよ。ずっと留年してる」

「ずっと青春してるんでしょ。確かにキスちゃんならぬ忍ちゃんを養女にするって発想は、内なる私を呼び出すどころじゃなく気持ちの悪い真似で、未熟な十代にしか許されることじゃないけれど」

「でも、奴隷よりはいいと思わないか？」

「どうかな。忍ちゃんが何を望んでいるかにもよるよね。姫であり、王であり、一時は神にまでなった忍ちゃんが、今は奴隷であることを望んでいるのなら、それは尊重してあげなきゃって、私なんかは思っちゃう。臥煙さんもそうだったんじゃない？」

「僕のエゴかな。奴隷であり続けたいあいつを娘にしようなんてのは、死にたがっていたあいつを生かしたのと同様に」

「もしも阿良々木くんが、コンプライアンスに反するから奴隷ではなく娘ということにしようと、今後のために設定を変更しようとしているなら、そうだろうね。なぜなら、その理屈を採用すると、人を食べていた時期の長い彼女を、許すことが不可能になる」

「…………」

「でも、ただ単に、忍ちゃんが可愛くて愛《いと》しくて愛していているから娘にしたいっていうのなら、それはもうエゴじゃない。ラブだよ」

「ラブ？」

「英語で告白するのが阿良々木くん流でしょう」

「いや、どちらかと言うとそれはひたぎの流儀なのだが……、片仮名で言われると、また味わいが違うな」

「ラヴって言う？」

「味わい深い……」

「こういう恥ずかしい偽善を照れもてらいもなく、真っ正面からさらっと言っちゃうのが、阿良々木くんが理想とする羽川翼でしょう？」

「ううむ。どうかな。僕の記憶の中の羽川も、だいぶんキャラがブレているような気がするぜ」

「それはいいこと？　それとも悪いこと？　幼女にした妖女を、時を経て養女にしようという革新的なプランを、過去に忍ちゃんが罪を犯していたことを思い出したからという理由でシステマティックに中断するのであれば、それはある種のキャンセルカルチャーだよね。阿良々木くんが大人になったからじゃなく、きちんと時代に寄り添った判断だよ。そのジャッジは、もしかするとあの春休みの阿良々木くんよりもずっと清潔なんじゃない？」

「……潔癖症だって？　今の僕が？　高校生のメンタルよりも？」

「私は汚れたいと思う白い猫だったからこそ、喜んで革命に身を投じたんだろうけれどね。いや、『彼女』の心境は、内なる羽川である私には、想像もできない。何でもは知らない、知ってることだけ——の、知らない側の事情だよ」

「…………」

「でも、阿良々木くんは知ってるんじゃない？　忍ちゃんのことを。何年にもわたって、つかず離れずどころかずっとひっついて、名前よりも一体化して、なんならぴったり密着して、保護観察を続けてきたんだから。その阿良々木くんが、忍ちゃんを娘にしても大丈夫だって思ったんであれば、そのセンスはたぶん正しいよ。阿良々木くんが求めているのが正しさじゃないとしても」

「……それはあくまで、僕にとっての正しさだろう？

内なる羽川だから、僕に都合のいいことばかり言ってて甘やかしてくれているわけじゃないのは承知しているが――むしろ内なる羽川だからこそ、厳しい意見を言って欲しかったわけだが、正しいと肯定されるほうが、この場合は辛いぜ。内なる老倉を呼び出して全否定してもらえばよかったとさえ思うほどだ。だって、もう僕は、僕ひとりの身体じゃないんだからら」

「ん。んん」

「家族ができた。家族への責任がある」

「それは法的な話？　法律に正しさなんてないよ。法は執行されるだけ。元はと言えば、ひたぎちゃんから戦場ヶ原姓を褫奪《ちだつ》したところから、このホームドラマは始まっているんだもんね」

「ホームドラマって」

「法務ドラマかしら。リーガルもの。いいよね。でも、阿良々木くん。どちらかと言うとそれは逆なんじゃない？」

「え？」

「要するに阿良々木くんは今、将来と生涯を共にしたいと思う永遠の伴侶と、伝説の吸血鬼という負の遺産を共にすることに対する背徳感があるんだろうけれど」

「負の遺産とまでは感じていない。いや、感じていなくとも、感じているようなものか？　罪を共有財産にすることが、押しつけがましいと考えてしまっているということは」

「だけどそれって逆でしょ？」

「逆って、何が逆なんだよ」

「私は何でもは知らないし、神様になったこともないから、なんでもかんでも訊かれても困るんだけれど、これに関しては、私に問いかけてくれたのは圧倒的に正解だよ。老倉さんじゃなくてね。むしろ私にしか――今はもうどこにもいない『羽川翼』にしか言えないことかもしれない。私しか知らない感情かも」

「感情？」

「法律でもルールでも、暗記が必要なお勉強でもなくて。だから、阿良々木くんとひたぎちゃんの、神に誓った関係性に、忍ちゃんという要素——妖素《ようそ》であり幼素《ようそ》を介入させることに二の足を踏むのは、違くない？　ってこと。だって、時系列的に、先にあったのは、阿良々木くんと忍ちゃんの関係性なんだから」

「あ」

「あ、じゃないでしょ。その主従関係に後から介入したのは、ひたぎちゃんのほうだよ。そう、高校三年生の頃、私と阿良々木くんの間に、するりと入ってみせたように」

「…………」

「私はひたぎちゃんが好きだし、その後も友達だったけれど、その件に関して思うところがないかと問われれば、それは嘘になるよね。妖怪化しちゃったほどに」

「…………」

「本来、阿良々木くんが説得すべきは、ひたぎちゃんじゃなくて忍ちゃんのほうだったんじゃないの？　養女にするしない以前に、プロポーズするときにだって、忍ちゃんにあらかじめお伺いを立てるべきだったことは、わかっているんでしょう。なんならひたぎちゃんのお父さんよりも先に、忍ちゃんから許しを得なきゃいけなかった。違う猫を迎えるときに、先住猫をあだやおろそかにしてはならないのと同じように。阿良々木くんひとりの身体じゃないなんて、ものすごく今更なんだから。あなたはずっと、金髪幼女を胚胎《はいたい》していた」

「…………」

「私は内なる羽川であり、阿良々木くんが思う理想の羽川翼だから、いくらでも恥ずかしくって偽善的なことも平気で言っちゃうけれど、ひたぎちゃんにだって、二度とそういう思いをさせちゃ駄目だよ。横入りして、夜《よ》討《う》ち朝駆けをして、ズルをしたなんて罪悪感と共に、新しい夫婦生活を営ませるなんて、とんでもない。忍ちゃんから阿良々木くんを奪っただなんて、ひたぎちゃんに少しでも思わせちゃならない——でしょう？」

「……やっぱり、お前は何でも知ってるよ」

「だから——何でもは知らないわよ」

振られた子の気持ちを、教えてもらっただけ。

誰かさんから。

021

覚悟はしていたものの、思ったよりも手厳しいことを言われたし、状況が悪化したとまでは言わないまでも、混乱に拍車がかかったことは間違いなかった。

眠り猫の前での沈思黙考だったからか、いつもよりも深入りしてしまった。端から見れば、左甚五郎の彫刻作品に心から感じ入っているように見えたかもしれない——ガイドブックを読み込んでいる人からすれば、左甚五郎の手によるものかどうかはおろか、左甚五郎が実在したかどうかもわからないのにと、嘲笑《ちょうしょう》の対象になっているかもしれないと思うと、こそばゆいほど気恥ずかしい。

本当は誰が作ったのか、彫った彫刻が動き出すような名人は実在したのか——その点も含めて、これだけの人が、文字通りに門前市を成して訪れるような作品には、それだけの想いがこもるものであると理解しよう。

殺生石も然りと言いたいところだが、あの史跡はここまで観光地化されていないことで、怪談味が増しているところもありそうである——一様にはいかない。

まあしかし、単なる閃きで、思いつきでこじつけた割には、僕にしては深い思索ができたし、啓蒙《けいもう》もされたし、新たな気付きもあった——実在しようと非実在であろうと、左甚五郎さんに感謝だ。

そうだな。

もう僕もいい歳だし、三つ編み眼鏡委員長の助言に、すべて納得し、すべて従うということはないのだけれど、それでも——幼女が妖女だからといって、すっぱり君子豹変し、養女にすることを諦めるというのも、それこそ、倫理に反するか。

豹であろうと狐であろうと。

現代社会ではなく倫理を選ぶならば。

諦めるんじゃなく、考え直そう。

もう一度。

あの春休みにできなかったことをしようじゃないか——みんなが不幸になる方法を考えるのではなく、今こそ、みんなが幸せになる方法を、考えようじゃないか。

でなければ、歳を取った意味がない。

高校三年生をループすることなく、卒業し、大学に入り、就職し、渡米し、結婚し、阿良々木暦が二十四歳になったのは、十七歳や十八歳じゃ無理だったことをするためだろう。

今しかできないことをするためだ。

アップデートされた僕にしか、できないデートがある。

「そんなわけだ、忍。悪いがもうちょっと付き合ってもらうぞ——顔と膝を突き合わさねばならない。お前との話は、まだ終わっていないんだから」

忍と認識を共有し切れないままに、ハネムーンの、そして家族のロードマップをスタートしてしまったことが、そもそもの問題だった。名前を一緒にする前から、あまりに一体になり過ぎて、ある意味、扱いがぞんざいになってしまっていたのかもしれない……、奴隷を養女にしたいのなら、まず娘のように愛でなければならなかったのに。

ドーナツの穴もドーナツの一部であるように、大きな傷も。

いつの間にか自分自身になっていた。

どんな生傷も、いつかは古傷になる。それを惜しんではいられない。

「あるいはもう、家族のようにお前を、ぞんざいにしてしまったということかもしれないけれど——考察をやめずに考え続ければ、あるかもしれないぜ、お前の望みを叶えたままで、阿良々木忍になる方法が。なんなら、この先の縁結びの神様に願ってでも——」

ん……、反応がないな。

眠っていても、僕の呼びかける声は届くはずなのだが。

いいことを言っているつもりなのに、結局僕という奴は、いつも通りの的外れなコメントを述べてしまったか？

幼女を呆れさせてしまっているのか？

「忍……、おい、忍？」

無視されている——と言うより、感覚的には、影の中にあるはずの忍の存在が、こちらからばっさりと不可視になっているかのような……、降りしきる雨の中、僕はよもやとしゃがみ込んで地面をさすってみる。

「…………………」

感じない。幼女を。

まだしも徳川家康の威光を感じるくらいだ——日光東照宮を建てるよう言ったのが徳川家康っていうのは、史実でいいんだよな？　何を信じていいかわからない不確かな世の中だけれど、しかし現状、確かなのは、いったいいつからだろう、僕の影の中にいるはずの、金髪の吸血鬼がお留守だということだ。

鳴くまで待ってはいられない。

まさか僕が内なる羽川との語り合いに集中しているとき——眠り猫に合わせて瞼を閉じている際に、目を盗んで？　だったら余裕の脱出だっただろうが……。

でもどこに？　そしてなんで？

「まさか──」

　どこに、は思い当たらない。身体を起こしてきょろきょろ見渡してみるも、幼女の体格で、人混《ひとご》みに紛《まぎ》れ込《こ》まれたら見つけようがない──だが、なんで、のほうに関しては、思い当たる節がないでもなかった。

　これは過去にも一度あったことだ。

　高校三年生の、文化祭の前日に。

「──忍ちゃん、自分探しの旅に出ちゃった？」

　また？

022

「委細承知した、阿良々木先輩。もう何も言わなくていいし、何も心配はいらない。気掛かりはすべて私が請《う》け負った。忍ちゃんは私が徳川家康に誓って見つけ出すから、阿良々木先輩はこのまま阿良々木先輩と戦場ヶ原に向かってくれ」

「いや、しかしだな、神原……」

「後生だ。頼むからここで新婚旅行を放り出すようなことはしないでほしい。忍ちゃんに命の危機が迫っているというなら、言うまでもなく選択の余地はないけれど、そうじゃないなら選択の余地がある。どうしても新妻を置いて忍ちゃんを探しに行くというのであれば、私を射殺していってくれ」

　携帯してきてないよ、拳銃は。

　そもそも僕みたいな奴が持つべきアイテムではない、あれは。

「高校生が学校をサボって探し回るのとはわけが違うのだぞ。いい加減、大人になるのだ」

　お前に言われるか、それを。

　まだ学生のお前に。

　しかし高校生の頃と違うというのはその通りで、僕もまさしく、それを思っていたところだった。それが思索のテーマだった。あのときは、自分探しの旅に出た忍を見つけるために、町中を走り回ったものだが――今回は、土地勘すらない旅先である。

下手に動けば僕が迷子になる。

迷子の神様は遥か遠くにいるのに。

「それに、もしも私に単身動いていい許可をくださるのであれば、阿良々木先輩が探すよりも発見率を飛躍的に上げる方法がある。私もただただ阿良々木先輩を優先してほしくて、こんなことを言っているわけではない。阿良々木先輩にとって忍ちゃんが、どれほど大切な存在かはわかっている。だからこそ、ここは私に一任するべきなのだ」

僕とひたぎが混同されて、何を言っているのかややわかりにくいが……、方法がある？

どう考えても、忍と主従関係で、あるいは魂で繋がっている僕が、感覚的に探すほうが見つけやすいはずだ――と言いつつ、それこそ高校生のときは、自力での発見は結局のところ叶わなかった。歯がゆいことに、忍のほうから出てきてくれるのを待つしかなかった。

そもそも、影に封じられている忍が、そこから抜け出すということ自体がイレギュラーなのである……、殺生石の視察にあたり、相当量の血を飲ませたのがよくなかった。

あれで一時的な単独行動が可能になったのだ。親機と子機のように、という比喩はもう通じまいが。ブルートゥースで接続されたスマートウォッチのように、か？

しかし、それにしたってこんな昼間に……、ああ、そうか。

この大雨も手伝っているのか。地名こそ日光でも、今は一条の太陽光も差してはいない――だが、それだけに危ういとも言える。

変わりやすい山の天気が、もしも今、変わったら……？　土地勘のなさは、忍も同条件である。いや、あいつのほうが酷《ひど》い。僕にはまだ地図アプリの入ったスマートフォンがあるが、式神を妹扱いしていた影縫さんと違って、僕は忍に、子供ケータイすら持たせていない。

娘じゃないから。

駄目だ、やはりじっとしてはいられない。

「保証する。逆に言うと、阿良々木先輩に動かれると、こちらの作戦は失敗する公算が高い。阿良々木先輩が阿良々木先輩と戦場ヶ原に行ってくれることが、一番忍ちゃんのためになるんだ」

「お前のことは心から信頼している。忍を見つけるために、ここで直江津高校の女子制服に身を包むことが必要だと言うなら、二十四歳の今でも喜んでそうしよう。だが、何もするなと言うからには、せめて何をするつもりなのかくらいは教えて欲しい」

「教えたら止められるようなことをする。言えるのはそれだけだ」

高校生の頃と変わらないのはどっちだと言いたくなる頑《かたく》なさだが、たぶん、お互いそこは、三つ子の魂百までなのだろう——忠実なる後輩にそんな風にまっすぐ見つめられたら、僕が逆らえないことまで含めて。

そして、確かにそれはヒントだった。

ぎりぎりまで明かせる手札を明かしてくれた。

忍を見つけるためならばまず手段を選ばないであろう僕が、にもかかわらず止めるようなことと言えば……。

「…………」

そうか、あの詐欺師の手を借りるのか——猿の手ならぬ、悪魔の手でもない、詐欺師の手を。

僕がそれを知ったのは、あいつを逮捕するために警察官になってからのことだけれど、神原には、母親の筋で、あるいは叔母の筋で、僕達の地元で猛威を振るった稀代《きたい》の詐欺師・貝木《かいき》泥舟《でいしゅう》にダイレクトに繋がるルートがある……、なんと高校生の頃、僕の知らないところで、あの男と会っていたこともあるようだ。

ある時点からぱったりと、表舞台に姿を見せていない詐欺師なので（犯罪者ゆえに当たり前ではある。裏街道にすら、と言うべきか）、てっきりもう縁は切れているものだと思っていたが――あの自由奔放な臥煙さんすら、神原家には近付かないと決めているようだ――しかし、まだ接点があったとは驚きだった。

確かにあの男ならば、家出少女の行方をつかむことには長けているかもしれない。腹立たしいことに、その分野に限っては、臥煙さんより経験値が高いくらいだ。

綺麗事《きれいごと》ばかりで通らないのは承知していても、そして私情を抜きにしても、しかし窮地に際して、犯罪者の力に頼るというのは警察官として忸怩《じくじ》たる思いだ――だが、神原の言う通り、それが一番発見率が高い。

と言うより、他に手がない。足もない。

因縁を抜きにしても、法執行機関の人間である僕が出れば、あいつこそ姿をくらますことも間違いなかった。そして、保証と言うならば、あの大犯罪者は、神原のことだけは騙さない――どれほど無茶な違法捜査であろうと、この後輩の安全は保証されている。

確かに、これは選択の余地だ。

苦渋の選択だが。

「わかった、神原。すべてをお前に任せる。白紙委任状だ。純白だ。ただし、すべての責任は僕が取る。うまくいかなくても、お前が気に病むことはない。だから、何のプレッシャーも感じずに、全力を尽くしてくれ」

「応とも。さあ、そうと決まれば早く行ってくれ、阿良々木先輩。駐車場のミニバンで、阿良々木先輩が待ちかねているぞ。ここから先は二人きり。本来のハネムーンのありかたに戻っただけのことだ」

家出した忍を追わないことが忍のためになるなんて逆説は、まことに隔靴掻痒《かっかそうよう》だったが、そう促されれば、一刻も早く奥日光へ向かうことが、僕の任務だった。

神原は僕が完全に立ち去るのを待たず、早速スマートフォンを取り出し、そらで憶えているらしい番号を、タッチパネルにプッシュする――今取って返せば、僕が警察官になったモチベーションの大きなひとつだったあの詐欺師の逮捕も、決して不可能ではなくなるのだが、そんな裏切りはできない。

実際、しなくてよかった。

十分離れたと思って神原は通話を始めたのだろうけれど、影の封印から一時的にでも離脱できるパワーを取り戻した忍同様に、僕の五感も、普段よりは強化されている――僕にあるまじきくらい、冴え渡っている。おっかなびっくりとは言え闇夜《やみよ》を歩けたように、十数メートル離れた位置でも、聞き慣れた後輩の声なら、かろうじて聞き取れるのだ。

「神原駿河。得意技は二段ジャンプだ」

まだ言ってんのか、それ。

阿良々木先輩の何とやらと言わないだけ、成長したのかもしれないが――犯罪者じゃあるまいし、盗み聞きするつもりはなかったので、むしろ歩調をあげたくらいだったけれど、しかし音速までは超えられず、降りしきる雨音の中でも、神原の次の台詞までは、かろうじて聞こえてしまった。

「千石ちゃん。忙しい中恐縮だが、ちょっと助けて欲しくって――ああいや、同人誌作りじゃない。漫画家じゃなくて、専門家として――」

023

「残念ね、神原ったら、研修先から急な呼び出しだなんて。まだ正式にお医者さんってわけでもないのに、急患ってことなのかしら？」

これが本来のハネムーン。

神原はそう言ったし、実際その通りなのだけれど、ふたりきりになったミニバンの車内は、妙に広く感じた――後部座席のチャイルドシートが、ことのほか虚《むな》しい。

普通に子持ちの夫婦みたいだ。

赤ちゃんはどうしたって話になるだろうが……、普通にあるケースだと思うけれど、こういうのって、不審に思われて職質を受けたりするのだろうか？

その場合、伝家の宝刀ならぬ警察手帳を見せることになるが……、これ以上の厄介ごとは、できれば勘弁願いたい。

「まあ、そんなところだろう。あいつにも事情があるからな」

事情があるのは僕だったが、神原から口止めされている……、ともかくひたぎに心労をかけるべきではないというのが、神原の主張である。その通りではあるが、しかしパートナーに秘密を持たないって、こんなに難しいことなのか。

夜行性であることを説明しているので、改めて忍のことを訊こうとはしないけれど、夜を迎えたら、影から幼女が出てこない理由は、説明しないわけにはいかないな……、どう言ったものか。

「さ、いよいよいろは坂を攻めるわよ」

「攻めるじゃなくて登るって言ってもらっていいかな？　雨の勢いは増すばかりだし……、真面目な話、土砂災害情報のラジオとか、つけっぱなしにしておいたほうがいいぞ？」

「さっき確認したから大丈夫。ぬかりはないわ。次は中禅寺湖スワンボートをスキップして、二荒山神社中宮祠に行くのでいいのよね？」

「あ、いや、そこはスキップしていいそうだ。東照宮はさすがの混雑だったし、なんだかんだで時間も押している」

「そうなの？　忍が祢々切丸が見たかったんじゃないの？」

「ああ、そう言っていたんだが、どうもいざ近付いてみると、そこまででもなかったみたいで——自分の大太刀があるからな、あいつには」

「言い出しっぺの癖に寸前にやる気をなくすタイプなのさ」

「？　ふうん」

「困ったタイプね」

まだ峠を攻めてもいないのに、はらはらする会話だ——下手な嘘をついたときは、昔だったらシャーペンを眼球に突き刺されていたことを思うと。

もう皆さんお忘れかもしれないが、あったんですよ、そんなことも。

「じゃあ、このまま戦場ヶ原に直行ということでいいのね？」

「ああ。そのプランで頼む」

「直行と言っても、だいぶうねうねするのだけれどね」

尖りまくっていた頃の『戦場ヶ原ひたぎ』なら、僕の誤魔化しなどたやすく見抜いただろうが、二十四歳の阿良々木ひたぎは納得したようで、そのままいろは坂へと向かう。

これはいいことだ。

僕にとって都合のいいことだと言うんじゃなく、あんな全方位にピリピリしていた頃の彼女に、戻って欲しくはない。

しかし実際のところ、忍の行方不明を知ったら、ひたぎはどう動くだろう？　思い起こしてみれば、文化祭の前日に忍が行方不明になった際には、僕は持ちうる人脈のすべてを使い（具体的には三名）、幼女の捜索に打って出たが、ひたぎだけはその捜索に参加しなかった。

お願いしたが断られた。

あれは結構驚いたな。

断られるだけの事情があったのだが、今のひたぎなら——ハネムーンを中断し、一緒に探してくれるんだろうか？

それが望ましいのかどうかは、正直、わからない。

それこそ春休みのバッドエンドじゃないが、不幸も困難も分かち合うのが夫婦だという意見もあるだろう。

僕達は和式の結婚式だったので、そうは誓っていないのだけれど、健《すこ》やかなるときも病めるときも――だ。

たとえ怪異じゃなくっても、あるいは人類を主食としていなくっても、定期的に家出する娘を共に育てようと申し入れるのは、最愛の人相手にすることなのかどうか……、でも、養子を迎えるっていうのはそういうことだよな。

……一方で、忍も、もうあの頃の忍ではない。吸血鬼か人間か、どちらに転ぶかわからない、中途半端《ちゅうとはんぱ》なれの果てではない――自分探しの旅に出たのは、僕の影に封印される前の話だ。

そして、僕の影という棺に居着いた。

前の家出と、今回の家出は違う――つい『また』と言ったが、『また』ではない。羽川とは意見が違ってしまうけれど、先住猫のように、忍は構って欲しくて出て行ったわけじゃない。

まあ、あれは内なる羽川の声だから、本当は僕の声みたいなものなんだけれど――ともかく、あいつが自分の意思で僕の影から、黙って出て行ったのであれば、それは僕を困らせたくてやったことではないと断言できる。

むしろ僕のためだ。

存外、『本来のハネムーン』を僕達夫妻に経験させるために、気を利かせてさりげなく席を外したという可能性もある――その場合、神原が単身で探しに出てくれるところまで展開を読まねばならないのが難点だが、あのふたりにも、殺し合い寸前まで行った因縁があるしな。喧嘩した後の不良同士くらいには通じ合っていると言えなくもない。

では、ふたりが共謀して仕掛けたドッキリだという可能性は？　それはないだろう。ふたりとも、いい意味でも悪い意味でも、そういうサプライズのできるタイプじゃない……、本当にいい意味でも、本当に悪い意味でも。

しかし、無言のうちに意志疎通のできるふたりであるのも、また確かだ。そうであってくれればという希望に過ぎないのかもしれないし、しかしながら、そうであったなら、余計なお世話だと、僕は怒らねばならない。

ふたりきりのハネムーン。

ひたぎと、戦場ヶ原で過ごす一夜。

そんな人生で一番大切な夜には、絶対お前にそばにいてほしかった――きっとひたぎも、神原に対して、似たような気持ちだったのだろう。

名前が違おうと。

種族が違おうと、主食が違おうと。

それって家族ってことだよな。

「さあ、それではいろは坂に入るわよ。うふふ、見て見て。このスマホのナビ画面。道なりって言われても、行く手が蛇みたいにぐにゃんぐにゃんよ。蜷局《とぐろ》を巻いていないのが不思議なくらい」

「お前の中でここが一番の楽しみどころみたいになってるじゃん。戦場ヶ原じゃなくて。え？　マジこれ……、バグってない？　こんな坂、本当にミニバンで登れるのか？」

「任せて。いろはのいだわ」

「やめときなさいよ」

024

二荒山神社中宮祠には、どちらにせよ立ち寄れなかったようだ。祢々切丸が展示されている宝物館が、本日は臨時休館である告知がされていた――うまくいかないときには、何もかもうまくいかないものである。

結局、雨はやまなかった。

どころか、到着した戦場ヶ原の空模様が、もっとも激しかったくらいである——展望台から見える一面の景色は、湿原じゃなくて、沼なんじゃないかとさえ思った。

日が沈んだら一気に暗くなり、周辺には殺生石史跡以上に街灯が少ないことを思うと、もしも晴れていたら、本当に素晴らしい星空が見えただろうに——

「いいじゃない、アクア・アルタみたいなものだと思えば。ルーツとも言える戦場ヶ原の地をこうして踏めただけでも、私は大いに満足しているわ。苦しゅうない」

「そう言ってくれると救われるんだが……」

お前が苦しゅうないのは戦場ヶ原の地を踏んだからではなく、いろは坂でアクセルを踏んだからじゃないかとも思うが……、実際、噂に聞くアクア・アルタみたいな惨状である。

ここで一夜を明かすって、自殺行為なんじゃないのか？　あの日光東照宮は目の錯覚だったんじゃないかというくらい、周辺には観光客も、地元民もいないし……、熊も出るまい、この有様《ありさま》じゃ。

安全を重視するなら人気のあるところまで引き返すべきかもしれないが、かと言って、雨中におけるあの連続ヘアピンカーブを、下りでも経験したいとは思えない——雨はまだまだ激しくなる一方だし、一方通行だし。

雨に気を取られ、なぜカーブが四十八なのにいろは坂なのかという、名付けの謎も解けなかった。

「まあ危険がない程度に、少しだけ散歩をして、あとは車中で雨音を感じつつ、宇都宮ハムカツと宇都宮餃子を食べながら、懐かしい昔話でもしましょうか。うふふ、ホッチキスで暦のほっぺを挟んだりしたわよねー」

「もう気にしていないが、お前から古傷をいじってくるとなると、それなりの対応を考えなきゃならないぞ？」

「老倉さんにも見せてあげたかったわ。この景色を」

「なんで?」

「メールしとこ」

雨の戦場ヶ原の写真なんて届いたら、それ見たことかという返信が、たぶん僕のほうに来るんだけれど……、あいつは僕に『それ見たことか!』と言うためだけに生きていると言っても過言じゃないのだから。それ以外の文面のメールを送ってきてくれたことがない。

まったく、どんな人生だよ。

それじゃあ僕も迂闊に死ねない。

しかし、仮に雨じゃなくとも、本当に殺風景と言うか、原風景と言うか、神々の合戦跡という表現がここまでしっくり来ようとは——殺生石のような、正体不明のただならぬ恐怖も、これと言って感じない。

戦いは既に終わっている。

大百足もいないし、大蛇もいない。

もちろん狐も。

一度砲撃があった場所がもっとも安全みたいな、そんな安心感さえある場所だ——しかし、殺風景であることに違いはない。

なまじ湿原な分、殺生石より殺風景だ。

季節が違えば見栄えも違うのだろうけれど、せめてどこかに一輪の花でも咲いていればよかったと思わずにはいられない——いや、たとえ咲いていても、この雨に散らされてしまうか。

戦場ヶ原に辿り着いたことで当初の目的だけは達成したから、かろうじてどうにか格好はついたけれど、やっぱりハネムーンらしきものって感じだったな——達成できたのは目的だけだとも言える。

しかし、こんなものなのだろう。

雨にも負けず風にも負けず、細々した幸せをこつこつ積み重ねることが、人生である。

満点の人生などない。

満天の星がなかったように。

「ねえ、暦」

と。

土砂降りの中、僕が大人の諦念《ていねん》みたいなものを感じながら暗くなった辺りをそぞろ歩いていると、ひたぎが出し抜けに、切り出してきた。

「旅も終盤にさしかかったところで、私のほうから素敵な提案があるのだけれど」

「え……？」

「そんな嫌そうな顔する？」

「いや、こう言ったらなんだけれど、基本お前の提案って、ろくなもんじゃないじゃん」

本当にこう言ったらなんだけれど、戦場ヶ原姓時代から、ひたぎはマジでそうだった。サプライズが好きな割にサプライズが下手と言うか……、僕に言われたくもないだろうけれど、秘密でデートに父親を同行させたり、こっそり高校在学中に自動車免許を取得していたりした。

驚き以上に危険なのだ。

スリルじゃなくてリスクを提供してくる。

「大丈夫よ。私も大人になりました。いえ、提案と言うより相談と言ったほうがいいかもしれないわね。暦の意見も、ちゃんと取り入れて、参考にさせてもらうつもりだから」

「参考意見なの？　僕の意見って」

「このハネムーンから帰宅したあとの夫婦生活について、時間のあるうちに話し合っておきたいのよ。お互い意外と仕事人間で、なかなかこうやってじっくり喋れないからね。それですれ違うこともあったじゃない。そんなことはもうないようにしておきたいから」

なんだかものすごくまっとうなことを言っているのが、振りとして怖い。なんだろう、神原も気にしていた、結婚後の家事分担についてのディスカッションを求められているのだろうか……、それとも、ボートハウスに住むかトレーラーハウスに住むかの決断を、今のうちにしておこうという寸法か。

「離婚手続きって、想像しただけでも大変そうじゃない。もう一度名字を戻すとか、あまりにも面倒過ぎるわ」

「手続きが煩雑だから離婚しないみたいなことを言うのはやめてくれ、新婚なのに」

だとしたら確かに、夫婦同姓には一定の意味があるかもしれないけれど……、嫌な意味だよ。細かい条文を大量に書き連ねることで解約しにくくしている契約書みたいだ。

「のちのちの喧嘩の種にならないよう、最初に決めておいたほうがいいことがあるでしょうと、賢い私は申し出ているの。おわかり？」

「異存ないけど、なんか後ろ向きな話だな……、不都合に目を瞑るよりはいいんだろうけど、仲良くなれる提案をしてくれよ、どちらかと言えば」

「それは暦次第。私からの相談に賛成してくれれば、これからもおしどり夫婦でやっていけるわ」

「圧」


まあいいさ。

悲しいことに邪魔の入る恐れはないし、確かにこんな機会は滅多にない。ひたぎと面と向かって掛値なしにふたりきりで、一晩お話ができる機会なんて——もしも口論になったら止めてくれる人がいないということでもあるが、そのときはそのときである。

「あのね、実は忍さん——忍のことなのよ」

「まだお前が忍のことを呼び捨てにするのには、違和感があるな。忍がどうした？」

「あの子は私達の養子にするのがいいと思うのだけれど、構わないわよね？」

「……えっと」

つい癖で、影を見てしまった。この雨夜では、影なんて、影も形もないのに——あったとしても、そこに忍はいないのに。

「あの子をマントルピースに飾りたいんだけど、構わないわよね？」

「今、なんて？」

「映画『ＲＲＲ』の悪役の台詞になってる」

文意は概ね変わらずとも、もうちょっと違う言いかたをしていたはずだ——そう、たとえば僕が、当初この戦場ヶ原で、仕掛けようとしていたサプライズのような。

養子？

「怪異であるあの子に戸籍を用意するのはなかなか簡単じゃないでしょうけれど、老倉さんに頼めば、書類の偽造くらいはしてくれると思うのよ」

僕達は老倉をアテにし過ぎだ。

なぜそうも我々は、あの虐待サバイバーの職場生命を奪おうとする？

いや、そうじゃなく。

「あの、ひたぎさん——」

「わかっているわ、暦の言いたいことは。私にはなんでもお見通しなんだから。でもね、暦の金髪幼女を独《ひと》り占《じ》めしたい気持ちはわかるけれど、私は自分の旦那《だんな》様に、ロリ奴隷を所有していてほしくはないわけよ」

「ロリ奴隷って言葉だけは、なんとかここまで避けてきたのに」

「思いつきで言っているわけじゃないのよ。前々から、それこそ結婚式の前から考えてはいたの。忍さん——忍との関係性の構築について。暦と忍の関係性を大切にしたかったから口出しせずにいたし、干渉もなるだけ避けていたけれど、これからはさすがにそういうわけにはいかないじゃない？」

「それは——僕もまったく同じことを考えていたけれど」

「いいのよ、見栄《みえ》を張らなくて。どうせ暦はこれからも、文字通り影でこそこそ、私の知らないところで、私的に忍といちゃついていたかったんでしょう？」

夫への信頼がゼロだ。

高校時代の僕の蛮行を思えば、致し方ないこととは言え。

「でもね、世間はもうそれを許さないの。わかるでしょう？」

「痛いほどな。心が」

「なのでライフプランナーである私から提案させていただきます。金髪幼女が影に、そして家庭に常駐している状況を世間体に合わせなければならない以上、お試し期間を経て、忍は阿良々木家の長女として育てるのが、現状のベストであると」

「お試し期間って」

保護猫みたいに言ってるな。

ただし、言わんとすることはわかる——と言うより、本当に僕が考えていたことと、ほぼ同じだ。寸分狂わずと言っても過言ではない。

強いて言えば、僕の名前を使って忍を封印し直すという発想のあるなしが違うけれど、更に強いて言えば、本来は核となるはずのその発想もなく、忍を引き取ろうというのは——何と言うか、常軌を逸している。

ほんの昨日までナイスアイディアだと確信していたのに、人から聞くとこんなに奇天烈《きてれつ》なのか、幼女を養女にするというアイディアは。

「ひたぎ」

「はいはい」

「正直に言うと、嬉しいサプライズだ。ダブルミーニングで——そんなことを言ってくれるなんて思ってもいなかった。お前が、忍のことを考えてくれていただけでも、泣きたいくらい嬉しい」

「泣きなさい。いくらでも」

「その鷹揚さは怖いな」

すれ違いと言うなら、日本とアメリカにすれ違ってしまったことがあった僕達だが、あれから一年を経て、その気持ちは合致した——これが嬉しくないはずがない。

だけど。

「家族っていうのを軽く考えちゃいけないぜ。見た目が八歳とは言え、吸血鬼を養子として引き取るのは——」

「地獄の痛みを伴うと言われる分娩《ぶんべん》とか、悪夢のような三歳までの子育てとかをショートカットして、可愛い子供を持てるってことでしょう？」

「絶対里親になっちゃ駄目だ、そんな考えかたの持ち主は。僕と同じくらい駄目だ。いいとこ取りはできないんだよ、子育ての」

「私が暦を知ったときには、忍はもう暦の一部だったのでしょう？　いえ、一部どころか、半身よね」

「…………」

「暦と添い遂げるということは、忍と添い遂げるということでもあると思っていたけれど、間違っていた？」

間違ってはいない。その通りだ。

けれどその正しさを、お前に強いたいとも思えない——にもかかわらず、僕の内なる羽川の指摘など、ひたぎはとっくにわかっていたのか。あるいはひたぎも、内なる羽川との会話の結果、これは導き出した答なのかもしれなかった。

こうなると言うしかない。

怪異に関して秘密を持たないと約束しつつも、それだけは墓の中まで持って行こうと思っていたが、そのために、ひたぎにそこまで言わせてしまった以上、告白するしかなかった——たとえそれが、離婚協議の議題になるとしても。

「ひたぎ。忍は吸血鬼だ」

「元吸血鬼でしょう？　そうじゃなきゃ、さすがに六年前でも、ロリ奴隷は見過ごせないわよ」

「そうだったとしても見過ごせないと、今なら思うが——吸血鬼は人間とは生態が違う」

と言うより、生きているかどうかさえ怪しいのだ。

怪しくて異なるから——怪異である。

都市伝説。街談巷説。道聴塗説。

「わかってるわよ。夜行性ってことでしょう？　まあ私も比較的夜型だから」

「浅い理解」

遠回しに言うことさえ許されないのか……、はっきり言うしかなさそうだ。

「人を喰うんだよ、吸血鬼は」

「…………」

「そして喰った、忍は。吸血鬼時代。僕の目の前で。今はもう喰わない。僕が保護するようになってから、あいつは僕の血しか吸っていない。栄養はすべて僕を通じて行き渡っている——その意味じゃ、既に血の繋がった、僕の娘みたいなもんだ」

ひたぎから反応はない。

しかし、この即断即決のトレーダーが、即断即決で反応を返してこないという事実が、どれほど衝撃を受けているかの証左でもあった——畳みかけるように、僕は続ける。

「もう喰わないし、僕が喰わせない。だけど、過去までは抹消できない——僕が直接知っているのはひとりだけれど、六百年の半生で、最低でも千人以上は食べているはずだ。吸血鬼ハンターや専門家だけでなく」

本人も申告していたが、実際にはもっと多いだろう。

人類八十億人を滅ぼすだけのポテンシャルさえ持っている——僕の影にほんの十年ほど閉じ込められた程度で、償える罪ではないだろう。しかも、その収監は、その気になれば家出できるような、緩い檻《おり》である。

「忍を養女にするっていうのは、そういう化物を家族にするって意味だ。責任も生じるし、世間体と言うなら、ロリ奴隷と同じくらい悪い」

「そこは男女で意見が分かれそうね」

やっぱりロリ奴隷という言葉は金輪際禁句にしたほうがいいな——シリアスな場面なのに突っ込まれてしまった。

「ねえ暦」

「ああ。何を言われても仕方ないと思っている。こんなことをずっと秘密にしていたなんて、我ながら酷い裏切りだよな。高校時代から通算して――」

「仮にこれで離縁するとしたら、そんなことで私が怖じ気づくと思われていたことが死ぬほどショックだからよ。そんな生半可な覚悟で、暦のプロポーズを受けたと思われていたとは、ここまでの侮辱はないわ」

う……。

レトリックで言っているのでなく、本気で怒っている。このモードは久し振りだ……、ここまでの憤りは、初めてかもしれない。

「いやいや、僕みたいな奴を受け入れてくれた度量は、そりゃすごいと思っているさ。忍を理由にしなくても、僕だけでも十分やばい奴だってことは承知している。だけどこの件は――」

「私の母親は、実の娘を変態男に差し出したわ」

はっきり言ったのはひたぎのほうだった、その記憶を。

蟹に願ってまで忘れたかった、その記憶を。

「まごうことなき犯罪者だし、下衆《げす》さで言えば、肉食の獣よりもけだものよ。だけど暦はそのことで、私とそれとなく距離を取ろうとしたり、少しずつ離れていこうとしたり、腫《は》れ物《もの》のように扱ったりはしなかった。私の母親のことを知っていながら私に告白してくれたたし、絶縁しているとは言え、私にとっては母親であることに変わりはないそんな人物が、あろうことか義母になってしまうってわかっているのに、私にプロポーズしてくれた。そのときにはもうおまわりさんだったのに」

「…………」

「なのに私が、忍を許している暦を、許さないとでも思うの？　ぶち殺したいくらい許せないわ」

言っていることが支離滅裂であり、しっちゃかめっちゃかになっていた……、やはり、かつてないほど怒っている。

過去に別れ話をしたときさえ、理路整然と僕を追い詰めていたというのに——いつの間にかビニール傘も下ろして、雨に濡れているのか涙に濡れているのかもわからない。

だが、全面的に僕が悪い。

忍を養女にしようと言い出したとき、ひたぎの気持ちをまったく考えていなかったし、多くの、もとい、少数精鋭の友人達からの指摘によって、ありがたくもそれを考えるようになったけれど、まったく常識にとらわれたメソッドで、典型的な反応ばかりを想定していた。

そんな申し出をしたら厳しい選択を強いることになるとか、ひたぎなら受け入れてくれるかもしれないとか、色んなパターンを想定しつつも、受け身の反応ばかりを想像していた……、いろは坂でもあるまいし、こんな攻めの姿勢なんて、考えもしなかった。

阿良々木暦と添い遂げようなんて彼女が。

土台、まともなわけがないのに。

「とりあえず」

だからこんなことを言い出す。

うちのカミさんは。

「忍には私の血も吸わせましょう。ぎりぎりまで」

「え？　なんでそうなる？」

「暦が定期的に忍に血を吸わせていることに、そこまでの意味があるとは思っていなかったわ。忸怩《じくじ》たる思いよ。栄養補給というのなら、暦の血だけではなく、私の血も飲ませないと、私達の養女とは言えないじゃない」

「あー……、いや、それはそうなのかもしれないけれど」

なんて発想だ。

考えてることが若干一緒じゃなくなってきた——既に娘みたいなものだというのは失言だったかもしれない。さっき即断即決ができなかったのは、忍の食事内容がショックだったからじゃなくて、そんなことを考えていたからか？

「ひたぎさんひたぎさん。吸血鬼体質って、便利そうに見えるかもしれないし、実際にそういう側面もあるのは否定しないが、それだけにリスクも大きくて——」

「背負いましょう。赤子のように」

「……もし忍に弟妹《ていまい》ができたとき、その子にも背負わせてしまうことになる。姉はおろか、両親も吸血鬼もどきだという数奇な人生を送らせてしまうことに」

「私達の子供が、その程度のことにビビるわけ？　それが不幸だと言うのなら、その分幸せにしてあげればいいじゃない」

私達が幸せであるように。

ひたぎはそう言い切った。

「……かかっ」

つい、吸血鬼みたいに笑ってしまった——僕はこれまで、この二泊三日の旅の最中に限っても色んな間違いを犯してきたし、人生全体で見たらより一層そうだった。地獄のような春休みに四肢をもがれた怪異の王を助けたことは、中でも最大の間違いだったろう——老倉を助けられなかったことも、羽川を救えなかったことも、もはや、取り返しのつかない間違いだ。

だけど、唯一。

結婚相手だけは間違えなかったらしい。

「ひたぎ、僕は——」

何を言おうとしたのか、ともかく何かを言おうとした僕だったが、しかしその瞬間、一陣の風が吹いた——一陣と言うのも控えめなほどの、大風だった。

一秒前まで天気図のどこにも存在しなかったはずの、瞬間的な台風と言ってもいいほどで、ビニール傘が一気に引っ繰り返って、すべての骨が折れたほどだ。つまり高校時代、僕がよく体験していた現象が傘で起きたわけだが、しかしそれで、二夜連続で、またしてもずぶ濡れになるようなことはなかった。

さながら大百足の目を射貫いた矢が通り過ぎたような強風に、僕は思わずひたぎを抱きしめたけれど、むしろクリーンルームに入る直前のような風量は、僕達の髪や衣服を乾かしてくれて、そして――

そして、満天の星だった。

空を分厚く覆《おお》っていた、夜よりも暗く、闇よりも深かった雨雲が、一瞬にして掻《か》き消《け》され、その向こうにあった見事なまでの星が、惜しげなく僕達に降り注いでいた。

雨が降ろうが槍が降ろうが――

星が降ろうが。

流星雨でもないのに、思わずそう錯覚してしまうほどに、すわオーロラかと感じるほどに、すべての星が綺羅綺羅《きらきら》と輝いていた――ひたぎを抱きしめた手に、反射的に、力がこもる。

ひたぎもまた、僕の背中をぎゅっとつかんでいた。この光景が信じられないと言うように――僕の背中をつまむ、狐でもあるまいに。

実際、いくら山の天気は変わりやすいと言っても、これは変わり過ぎである。狐の嫁入りの真逆みたいな現象は、奇跡と言うほかないように思えた。パノラマの大迫力で迫る星空に、押し潰されそうでさえあった――そのあまりの美しさに、総毛立つ。

ここが天体観測の名所だということを知って来たはずなのに、この不意打ちは息をするのを忘れるほどだったし、心臓を動かすことも忘れるところだった。

殺風景なんてとんでもない。

こんな絶景が他にあるか？　東照宮と同じく世界遺産に指定されかねないニュージーランドの星空にだって、匹敵するんじゃないか？

日光で見る星光だ。

これを見ずして結構と言うなかれ。

南半球に行ったこともない癖に、そんなことを思うのだから、観光客というのはまことに勝手なものである――けれどすっかり、僕は天上に釘付《くぎづ》けだった。

あの表現を使うならば。

見蕩《みと》れていた。

僕よりも天体観測に慣れている、と言うより経験豊富であるはずのひたぎですら、語彙《ごい》を失い、そう呟《つぶや》くのがやっとだったようだ。

「綺麗――」

さっきまであんな激しい議論を交わしていたとは思えないほど、僕達は素直に抱き合って、そして服が汚れるのも構わず、どちらからともなく、その場に座り込んだ。

いや、寝転がった。

手を繋いだまま。

初デートのあの日のように。

地面まですっかり乾いている――これは、蝸牛の神様の恩恵か、はたまた、親不孝な僕達を焼く、地獄の炎の石窯《いしがま》か？　そのどちらかと言うのであれば後者の可能性が高かっただろうけれど、しかし、そのどちらでもなかった。

流星雨ではなかったが、しかし横になる直前に僕は、空に一筋の流れ星を捉えていた――周囲の星々に照らされ、かすかに反射するそのシューティングスターは、一筋にして天の川のような異彩を放つ、金髪の幼女の形をしていた。

幼女座？

背中に蝙蝠《こうもり》のごとき羽の生えた幼女――生物学的には完全に間違えているし、飛行力学的にもあり得ない形状だ。

しかし、天体望遠鏡とは言わないまでも、諸事情で強化された僕の目は、確実にその流れ星を目視していたし、なんなら、彼女が携える大太刀さえ、はっきりと捉えていた。

弓矢ではなく、刀で。

大太刀で。

その幼女は雲を――否、天を切り裂いたのだ。一度もカーブを描くことなく、ひとっ飛びに、一直線に、一刀両断。

怪異殺しとはこうやるのじゃと言わんばかりに。

誇らしげに。

「かかっ――」

また、吸血鬼みたいに笑ってしまう。笑うしかないだろう――なんて力業だ。確かに、僕の視力が向上されているように、今の彼女は往年の生命力を、わずかなりとも取り戻してはいるけれど――本来は九尾の狐と戦うために整えたコンディションを、地球割りならぬ天球割りのために使うだなんて。

このための家出だったとは。

僕達夫婦に星空を見せるためだけに、天候すら変えてしまうとは――まさしく、元怪異の王、ここにありだ。人間社会のことなんて何も知らなかった癖に、お前が一番サプライズ上手じゃないか――忍。

「ありがとう、ありがとう、ありがとう」

僕は三回お礼を言った。

流れ星に願うように――しかし間に合ったのか間に合っていないのか、強化された視力をもってしても、大太刀を振るう一筋の光は、あっという間に、満天の星に紛れ込んでしまった。

あとは若い二人にお任せだと。

六百歳の娘から言われた気分だった。

「あれが――」

僕は言う。

まるで昨日のことのように、あの日のことを思い出して――思えば随分遠いところまで来たものだけれど、あの日ひたぎからもらった宝物は、今では、僕の宝物でもある。

「――あれがデネブ、アルタイル、ベガ。夏の大三角、だっけ？」

「花丸よ」

大輪のね。

さながら受験勉強の家庭教師のようにそう言ったかと思うと、細君は手を繋いだまま、僕にそっと身を寄せてきた。

こうして——今日は記念すべき日になった。

僕達にとって。

僕達夫婦と、娘にとって。

025

後日談と言うか、今回のオチ。

翌日、栃木県奥日光から、予備日だった三日目を大谷資料館に寄ることで使い尽くしてから、大手を振って地元に凱旋《がいせん》した僕を出迎えてくれたのは、直江津署風説課の甲賀課長と、その先輩にあたる、いったいいつ以来の再会になるのかにわかにわからないほど久方ぶりな、しかしながら変わらずお若い臥煙さんの、信じられないほど強めの説教だった。高校時代や、まだしも大学生の頃ならともかく、人間、社会人になってからこんなに怒られることがあるのかと思うほどのお叱りだった——マジで泣きそうだった。

それがハネムーンの最中も甲斐甲斐《かいがい》しく仕事に精を出した部下への報酬なのかと言い返したくもなったけれど、僕に対しての叱責《しっせき》ならばともかく、僕の管理下——保護下にある忍に対する叱責というのであれば、甘んじて受けるしかない。

子供の責は親が負うものだ。

と言うのも、あの夜、僕が目撃した一筋の流れ星こと忍野忍は、豪快に曇天を切り裂くにあたり、己の大太刀——怪異殺しこと、死屍類生死郎に由来する『心渡《こころわたり》』を使用したわけではなかった。

当然だ、あの妖刀はその異名の通り、怪異を斬ることに特化した刃物であって、ひ弱な人間の皮膚さえ傷つけることができないし、ゆえに、雲どころか、雨粒や水蒸気さえも切り裂けない、なまくら以下である。

もしもあの土砂降りが、九尾の狐による狐の嫁入りだったなら、そりゃあ最大の効果を発揮しただろうが、あの天候そのものは、極めてよくある自然現象だった。

ならばあのとき、僕のシューティングスターが佩《は》いていた大太刀はなんだったのか？

それは、ひたぎがミニバンでいろは坂を攻める直前、戦場ヶ原に向かう道中に通り過ぎた、中禅寺湖脇の二荒山神社中宮祠の宝物館が臨時休館になっていたことと関係がある。

こともあろうに、東照宮の人混みに紛れ、妄想中、もとい瞑想中《めいそうちゅう》の僕の影から抜け出した忍は、山上の二荒山神社から中宮祠にワープし、宝物館に展示されている祢々切丸を持ち出したというのである。

ワープって。

いや、それは吸血鬼のスキルではなく、神社同士の繋がりをナビゲーションにしただけのようだが——ともあれ、いろは坂を大胆にショートカットした忍は、なんと国宝級の日本刀を、無許可で持ち出した。

その名刀で分厚い雨雲を晴らし。

僕達に星空をプレゼントするために。

「あのね、こよみん。祢々切丸を持ち出し、あまつさえ勝手に使用したことだけでも個人的には極刑級の重罪だけれど、天気を変えるっていうのはとんでもない大事なんだよ？　風は世界中に繫がっているって、葛から教えられてなかったかな？　戦場ヶ原上空を晴らしたことで、どれだけの地域が、その分の豪雨をこうむったと思う？　殺生石のある栃木県以外の場所が、すべて狐の嫁入りになったようなもんだ。そんな天変、玉藻の前の復活もいいところだよ。冗談抜きで、各所で土砂崩れが起きていてもおかしくなかったんだよ？　大きな被害がなかったのは、ただの偶然でしかない」

次に再会したら、臥煙さんに褒めてもらえる人間でありたかったが、残念極まる——実際、この飄々とした、年齢不詳の優しいおねーさんにここまで怒られるのも、僕くらいのものだろう。

「そうだね。優等生の葛はもちろん、余弦《よづる》や貝木、メメでさえ、ここまで手はかからなかったよ」

「はは」

「何笑ってんの、こよみん――まだ説教の途中だってのに、元気いいじゃないか。何かいいことでもあったのかい？」

ええ。

ほんの少しだけですけど、見透かしたようなあのアロハ野郎の思惑を、超えられたような気になって――もちろん、その切れ味を遺憾なく発揮したのちに祢々切丸は、宝物館へと戻された。

刃こぼれもなく、星々にも匹敵するその輝きをいや増して。

まあ、そうでなかったら、今頃、僕の首は繋がっていない。職業的な意味でも、生物学的な意味でも、繋がっていない。

そうならなかったし、細君と刑務所で面会することにならずに済んだのも、臥煙さんが四方八方に手を尽くしてくれたからなので、どれだけ感謝しても足りないくらいなのだが、同様に僕は、神原駿河にもお礼を言わなければならない。

果たしてどんな手段を用いたのか、どんな人脈を頼ったのか、深掘りをするつもりはないけれど、ともかく神原は、僕達が戦場ヶ原に到達する前には、忍の所在をつかんでいたらしい。

CIA並の調査力だ。

残念ながら祢々切丸の盗難事件には間に合わなかったけれど、しかしその時点ではかなりドラスティックだった忍のプラン――あえて詳細の公開はしないが、それが実行されていたら、切り裂かれていたのは空だけではなかった――栃木県自体が、殺生石や宇都宮餃子像のように、真っ二つになっていたかもしれない――が、実行されるまでに行方不明の幼女を発見し、六年前のようなひと悶着《もんちゃく》があった末に、現実的にソフィスティケートしてくれたのが、神原駿河である。

見ざる、言わざる、聞かざるではなく。

見て、言って、聞かせてくれた。

それだけでもありがたいが、忍の曇天切開の手術プランに神原医学生ががっつり絡んでくれたことで、さしもの臥煙さんも、僕や忍を極刑に処すところまでは踏み込まなかった——神原の母親は、臥煙さんにとって唯一のアキレス腱《けん》だ。

後輩の威光に守られた形である。

コネ人生もこれ極まれりだ。

「まあまあ、臥煙先輩、そのくらいで。これでも、いえ、それでも、阿良々木警部補は最低限の任務は果たしてくれたんですから」

と、甲賀課長は、一応最後にフォローしてくれた——遅いですよ、僕へのフォローが。

「割れた殺生石は、天候同様の自然現象で割れただけ——力尽くで曇天を一刀両断したきみ達が言うんだから間違いない。今のところはね」

「今のところ？　含みを残しますね、甲賀課長」

「弱含みだけどね。九尾の狐がいないって断言しちゃう殺生石も寂しいだろう？　左甚五郎のいない東照宮が寂しいように。なすべんは、いつか私も食べたいし」

できればハムカツもメニューに入れてほしいものだと、甲賀課長はお説教をまとめた——独特のまとめかただったが、とりあえず、これが阿良々木夫妻のハネムーンの、その顛末《てんまつ》だった。

ああ、いや……。

阿良々木夫妻、ではないのだった。もう。

元はと言えば、阿良々木暦と結婚し、ひたぎが阿良々木ひたぎになったことで失われる戦場ヶ原姓を悼む意味で、僕達の新婚旅行の行き先を栃木県に決定したのだったが——てんやわんやがすったもんだとありつつも、振り返ってみればいい体験だったことに違いはないけれど、しかし、ほどなくして、その根本的な意味が引っ繰り返ってしまった。

結婚後も外資系金融企業の日本支部で、これまで通りに仕事を続けていたひたぎだが、新婚旅行の直後、控えめに言って歴史的な事件に巻き込まれてしまった——巻き込まれたというのすら控えめな言いかたで、我が細君は、渦中の人物だった。

どうやら渦中の人物が、戦場ヶ原で携帯をオフにしている間に、地球のどこかで信じられないような目を瞠《みは》る、しかも人為的な大恐慌が起きたらしく、その余波を、彼女の会社が正面から食らったのだという。その事件にはワシントンに戻る前の僕も無関係でいられるはずがなく、夫として、そしてＦＢＩの見習いとしてかかわることになって——まあ解決した。

大人げない反則手もあれこれ使っての総力戦だった。

だが、再び平穏を手に入れた代償として、僕達夫婦は、そして娘は、少なくともしばしの間、生活を一変させねばならなかった。ボートハウスもトレーラーハウスも、引き払わねばならなかった。

いわゆる、証人保護プログラムだ。

がらりと名前を変えて、祭りの後の嵐が過ぎ去るのを気長に待たねばならない——だから今の僕達は、阿良々木暦でもなければ、戦場ヶ原ひたぎでも、阿良々木ひたぎでもない。忍野忍でも、阿良々木忍でもない。

別姓であり、別名だ。

夫婦同姓のデリケートな問題を、こんなダイナミックな形で先送りする家族も珍しいだろうが、しかしなんともかんとも、ことのほか僕達らしかった。

ほとぼりが冷めるまでのこんな生活が、果たしていつまで続くのか、現状ではさっぱり先行き不透明だけれど、こうして名前が変わるという特異な経験を、細君や愛娘《まなむすめ》と共有できたことは、素直に嬉しいと思う。これぞ家族の一体感と言うべきか。またしても容赦なく降り注いだ災厄をみんなでシェアするような結末ではありつつも、僕達は素直に幸せだと思う。

世界一。

しかもこれはハッピーエンドじゃない。

僕達の幸せは、まだ始まったばかりだ。

ん？　それで、僕達一家につけられた、新たなる名前は何かって？　おいおい、雨の降る日じゃあるまいし、そんな水臭いことを訊くもんじゃない。ここまでこんな長話に付き合ってくれたあなたも、僕にとってはもう家族みたいなものなのだから。

僕達はしばらく姿をくらますけれど。

呼びたくなったら、好きなように呼べばいい。

SENJOGAHARA HITAGI
OSHINO SHINOBU

あとがき

生まれたばかりのみどりごが成人するくらいにシリーズを続けていると、ついつい考えても仕方のないことを考えてみたりもするのですが、成長に伴う教育というものは、まことに難しいものですね。教育というのはする側の言い分であって、施される側にとっては学習ということになるのかもしれませんが、いいえ、その内容やあるいは是非を問うているわけではなく、いったん施された教育というのはなかなか不可逆であり、今風に言うところのリスキニング、つまり学び直しというのは、なまなかではないと日々実感します。三つ子の魂百までという諺がありますが、まさに幼少期に覚えたこういった諺が連綿と受け継がれてきたことからもわかるように、子供の頃に覚えた理論は、たとえその後転覆されても、どうしても拘泥してしまうところがあります。例を挙げると、理屈の上では恐竜は鳥の先祖であり羽毛が生えていると言われても、ある世代より上には受け入れがたかったり、電流って電子の流れだけど流れる方向は逆だと言われてもルールは曲げられなかったり、成人年齢が十八歳って言われるとじゃあ阿良々木くんは『ひたぎクラブ』の頃にはもう成人していたことになったりします。しかし実際には子供の頃に読んだ教科書に書いているようなことは、はたまた教科書以外の書籍だってそうですが、今では事実ではないどころか、事実に反していることさえあります。そんな風に時代が変わりゆくことはあらかじめ知っていたはずなのに、一度学んだことはリセットできない脳のバグと言ったところでしょうか……、学校の勉強なんて将来何の役に立つんだと言いがちですが、たとえ役に立たなくとも、意外としっかり根付いている？　学校で受ける教育に限りませんが……、子供の頃に読んだ漫画が一番面白いっていうのは、それが己の型になるからかもしれませんね。

というわけでちょっと久し振りの物語シリーズです。本来であれば、セカンドシーズンの中に位置づけられていてもよかったかもしれない一冊ですが、さすがに時系列がこんがらがるので、この時代に発表するのがベストだったと思われます。考えてみれば原点とも言える『化物語』の上巻、『ひたぎクラブ』『まよいマイマイ』『するがモンキー』の三編は『戦場ヶ原三部作』であり、彼女にとっての回復の物語だったわけで、それから十八年の時を経て、再び彼女にスポットを当てられるというのは、作者としても本懐です。あれもこれも、戦場ヶ原での戦いに比べれば、昨日のことのようですがね。そんなわけで物語シリーズ・ファミリーシーズン第一弾、『戦物語』でした。

星空の描きかたが素晴らしいVOFANさんの表紙の演出には、しばし言葉を失います。ありがとうございました。ファミリーシーズンに第二弾があるとすれば、『接物語《ツギモノガタリ》』でしょうか。こちらも書きそびれている物語ですね。

西尾維新

初　出　本作品は、書き下ろしです。

著者紹介

西尾維新《にしおいしん》

1981年生まれ。第23回メフィスト賞受賞作『クビキリサイクル』（講談社ノベルス）で2002年デビュー。同作に始まる「戯言《ざれごと》シリーズ」、初のアニメ化作品となった『化物語』（講談社BOX）に始まる〈物語〉シリーズなど、著作多数。

Illustration

VOFAN《ヴォーファン》

1980年生まれ。代表作に詩画集『Colorful Dreams』シリーズ（台湾・全力出版）がある。台湾版『ファミ通』で表紙を担当。2005年冬『ファウスト Vol.6』（講談社）で日本デビュー。2006年より本作〈物語〉シリーズのイラストを担当。

協力／AMANN CO., LTD.・全力出版

講談社BOX

KODANSHA BOX

戦物語《イクサモノガタリ》

定価はケースに表示してあります

2023年5月15日 第1刷発行

著者 ── 西尾維新《にしおいしん》

発行者 ─ 鈴木章一

発行所 ─ 株式会社講談社
東京都文京区音羽2-12-21　郵便番号 112-8001
編集 03-5395-3506
販売 03-5395-5817
業務 03-5395-3615

KODANSHA

印刷所 ─ 凸版印刷株式会社

製本所 ─ 株式会社若林製本工場

製函所 ─ 株式会社ナルシマ

ISBN978-4-06-531262-9　N.D.C.913　214p　19cm

西尾維新
西尾維新

FIRST SEASON
[化物語(上・下)]
[傷物語]
[偽物語(上・下)]
[猫物語(黒)]

SECOND SEASON
[猫物語(白)]
[傾物語]
[花物語]
[囮物語]
[鬼物語]
[恋物語]

FINAL SEASON
[憑物語]
[暦物語]
[終物語(上・中・下)]
[続・終物語]

OFF SEASON
[愚物語]
[業物語]
[撫物語]
[結物語]

MONSTER SEASON
[忍物語]
[宵物語]
[余物語]
[扇物語]
[死物語(上・下)]

[戦物語]

西尾維新

NISIOISIN

Illustration VOFAN

KODANSHA BOX

西尾維新
NISIOISIN
Illustration / VOFAN
講談社

漫画
新本格魔法少女
りすか
KODANSHA